HORS D'ATTEINTE

Marcia Burnier

sorcières

Collection dirigée par Isabelle Cambourakis

DE LA MÊME AUTRICE

Les Orageuses, Cambourakis, 2020

Illustration de couverture : Géraldine Alibeu

Références des citations en exergue :
Cheryl Strayed, *Wild*, Arthaud, 2013 (traduction d'Anne Guitton).
Dorothy Allison, *Deux ou trois choses dont je suis sûre*, Cambourakis, 2021 (traduction de Noémie Grunenwald).

« Peut-être qu'en effet j'étais la personne la plus seule
au monde. Mais peut-être que c'était bien. »
Cheryl STRAYED

« … le secret de la fuite c'est de savoir pourquoi
on s'enfuit et où on va – et de laisser derrière soi
les raisons pour lesquelles on part. »
Dorothy ALLISON

PROLOGUE

Elle rêve qu'elle devient folle. Qu'elle parle toute seule, au ralenti, qu'elle dort dans le couloir, le lit déplacé, qu'elle est dans le passage mais que personne ne la voit. Elle rêve que ses plantes n'ont plus assez de terre pour survivre, qu'elle a beau les arroser, elles dépérissent et continuent de s'assécher, de ployer.

Elle rêve qu'elle oublie d'aller voir son psychiatre. Que son état est permanent.

Elle rêve qu'elle sombre, que le trou noir l'engloutit tout entière, la coupant du monde sans qu'elle puisse articuler un mot.

Elle rêve qu'elle disparaît.

1

– Tonnerre, t'es où ?

Erin siffle tant bien que mal, avec ses deux doigts, comme sa mère le lui a appris. Elle est emmitouflée dans une doudoune foncée, son bonnet descendu jusqu'aux yeux aplatit sa frange, et elle espère que sa chienne va réapparaître vite, avant qu'elle crève de froid au milieu des bois.

– Tonnerre, putain ! Viens là !

Elle entend au loin une cavalcade caractéristique, des pattes maladroites qui font valser les feuilles givrées, elle sent que la chienne blanche ne va pas tarder à rappliquer. Tonnerre s'est vite adaptée à ce changement d'environnement soudain, elle court partout, joue dans la neige, elle a remplacé sans aucune peine les pigeons par les grives et les mulots qui trottent autour du jardin. Quand elles étaient arrivées dans la petite maison il y a quinze jours, Erin l'avait regardée, *voilà c'est chez nous, c'est chez toi désormais* et Tonnerre s'était ébrouée puis s'était roulée en boule sur le canapé, sans broncher. La chienne était ravie.

Erin hâte le pas pour rentrer au chaud. Elle n'est pas partie très loin mais il a neigé cette nuit et elle n'est plus habituée à marcher ailleurs que sur de l'asphalte. Elle entend un bruissement de feuilles derrière elle et sursaute, son imagination fuse mais ce n'est qu'un merle qui sautille sur le sol. La neige ne va probablement pas tenir, il est encore tôt dans la saison, mais elle forme une jolie couche fine et légèrement glissante, un tissu blanc délicat sur les environs. Erin sent le froid s'engouffrer dans ses poumons et sa morsure est comme un rempart contre la nausée qui l'accompagne quotidiennement.

Tout en repoussant les assauts de la chienne qui tente de lui arracher ses gants, elle aperçoit la maison, *sa* maison désormais et elle sourit. Elle pense au feu qu'elle va allumer en rentrant.

La première fois qu'elle a fait du feu toute seule dans cette maison, elle a eu peur. Les flammes l'impressionnaient, elle craignait que ça déborde, qu'elles sortent de l'âtre, qu'elle se retrouve avec un incendie sur les bras. Et puis elle a repris confiance, elle s'est rappelé les gestes de son père, qui avait allumé le feu tous les matins et tous les soirs d'automne et d'hiver jusqu'à ses dix-huit ans. Le papier qu'on froisse, le petit bois, et les bûches pas trop grosses qu'on empilait pour commencer, en prenant soin de laisser l'air passer. Le craquement du bois qui brûle, la chaleur qui réchauffe la pièce. Au bout de quelques jours, l'habitude lui est revenue, l'assurance aussi.

En arrivant dans la grande pièce qui fait office de salon, elle pose les bûches qu'elle a rapportées et secoue sa doudoune. Elle enlève ses chaussures pour ne pas salir le sol mais n'a pas le temps d'empêcher Tonnerre de rentrer en trombe dans la maison, laissant les marques de ses pattes tout le long du trajet jusqu'à son panier. Devant la grande fenêtre qui donne sur le jardin, sur le rebord extérieur, il y a quelques traces des oiseaux qu'Erin attire en y semant des graines de tournesol rien que pour pouvoir les regarder. En passant elle remarque qu'il n'en reste plus beaucoup et elle en rajoute une poignée. Le matin, le ballet des mésanges, des rouges-gorges et des merles la fascine, elle ne s'y est toujours pas habituée. Elle passe de longues minutes en silence, à les observer en train de se nourrir sans se toucher ni réellement se battre.

Elle a une préférence pour deux petites mésanges nonnettes avec leur tête à moitié noire, qui viennent tous les jours manger et chasser de manière vindicative les rouges-gorges, plus solitaires, qui eux picorent tranquillement les grains, les uns après les autres. Elle aimerait bien leur ressembler, petites mais en colère, toujours à se défendre, jamais silencieuses.

En passant sa main dans ses cheveux, Erin grimace. Elle a oublié que le vent les emmêle toujours comme pas possible. Quand elle était petite, sa mère lui disait souvent qu'elle avait des nids d'oiseaux à la place des cheveux, *de confortables mais emmêlés* nids de cheveux bruns. Elle s'en occupera plus tard. Elle s'active pour démarrer le feu et l'observe quelques secondes, vérifie qu'il prend. Le froid lui a donné faim et elle fouille le frigo pour attraper un reste de la veille, qu'elle mange sans prendre la peine de le réchauffer, debout, accoudée au bar en bois qui sépare la cuisine de la pièce à vivre.

Erin ne se rappelle pas vraiment pourquoi elle était partie aussi loin de la neige à dix-huit ans, pourquoi elle était partie loin du froid qu'elle connaissait. Sa mémoire est embrumée, les années qui viennent de passer sont floues, mélangées. Mais elle sait que quelques années après son départ, quand il était entré dans sa vie, il avait fini par la convaincre qu'elle avait peur de tout, tout le temps. Peur du froid. Peur d'être seule. Peur de ne pas savoir comment faire pour vivre. Qu'elle était une chose fragile, qu'il fallait protéger, isoler et enfermer, pour éviter qu'elle se blesse. Une chose qui avait oublié ce qu'elle avait été avant la peur, avant le repli. Erin se demande s'il serait étonné de la voir là, puis elle secoue la tête pour le chasser et allume la bouilloire.

*

Cette maison, elle l'a choisie minutieusement sur internet, en cherchant pendant des semaines sans rien dire à personne. Il y avait eu une suite de nuits parisiennes où elle se réveillait en suffoquant, sans trop savoir ce qui la perturbait, les murs de son appartement ne lui semblaient plus aussi rassurants, la pièce tanguait, son sang palpitait à ses tempes. Elle avait soif, sa bouche était pâteuse, mais elle refusait de se lever, épuisée. La fatigue lui était tombée dessus d'un coup. Elle se levait uniquement pour aller travailler, arrivant en retard, toujours plus en retard. Son chef lui faisait les gros yeux, il lui confiait de moins en moins de tâches, sentant qu'elle n'était plus impliquée dans rien. Elle mangeait à peine le midi dans la salle de déjeuner et répondait d'un air absent à ses collègues. Quand on lui faisait remarquer les cernes qui entouraient ses yeux, elle souriait sans répondre, les gens prenaient ça pour de la pudeur, ils pensaient qu'elle était triste après sa rupture, que c'était juste un cœur brisé. Elle ne les contredisait pas, ne savait pas quoi dire, quoi raconter. Elle travaillait dans une grande ONG dont les bureaux donnaient sur l'entrée du parc de la Villette, s'occupant de la communication. Elle y était depuis quelques années, toujours très discrète, efficace, et ses récentes absences matinales déroutaient tout le monde.

Dehors, son regard cherchait l'herbe dans les interstices du trottoir. Elle suivait des yeux la trajectoire du vert partout où elle allait, les touffes au milieu des graviers des voies du RER, les arbustes encerclés de béton devant les gares, la pelouse râpée des minuscules squares qu'elle traversait à pied pour aller au travail et des parcs dans lesquels elle promenait Tonnerre, le soir. Elle était tellement en manque de sauvage qu'elle considérait la vision d'un rat, d'une souris, d'un moineau sur son trajet comme un bon présage pour la journée. Un matin, elle avait aperçu un chien-loup, immense, que son maître promenait sans laisse, et elle avait été hypnotisée. Elle l'avait suivi jusqu'au moment où l'humain qui l'accompagnait avait commencé à la regarder avec insistance, elle voulait juste continuer à le voir et être rassurée par sa présence ici, en ville. Chez le médecin qui la suivait, son regard s'échappait le long du grand pin qui trônait sur la pelouse à côté du cabinet, dans l'espoir d'y voir un écureuil ou à défaut une corneille.

Elle avait sérieusement commencé à penser à la fuite au moment où elle sortait d'un centre d'aide psychologique, à côté du canal Saint-Martin. Elle y était allée à pied, sans sa chienne, pour s'aérer un peu, pour ralentir le rythme et profiter de cette matinée de congé. Elle avait atterri là par hasard, parce qu'elle se faisait trimballer de recommandation en recommandation. Elle expliquait ses symptômes froidement, en évacuant souvent d'une ou deux phrases ce qui lui était arrivé et son médecin traitant avait fini par la mettre sur la liste d'attente de ce centre en lui disant que ça l'aiderait peut-être. Elle avait été appelée neuf mois plus tard pour une séance d'évaluation un vendredi matin avec un psychiatre. Il l'avait fait attendre dans une salle peu accueillante et, en écoutant la discussion vive provenant de son bureau, elle s'était rendu compte qu'il l'avait oubliée sur son planning. Elle avait hésité à partir mais, au moment où elle s'était levée, il l'avait appelée. Au bout d'une vingtaine de minutes d'entretien, alors qu'elle racontait sommairement sa vie d'avant, sa vie avec lui, les cinq années passées sous l'emprise, le psychiatre l'avait coupée : « Cinq ans c'est long. Ça vous est déjà arrivé de vous mettre en danger comme ça ? » Elle s'était sentie instantanément coupable sans savoir vraiment de quoi. Elle avait souri maladroitement, bredouillé qu'elle ne comprenait pas, mais il n'avait pas explicité et avait continué les questions. Il avait noté plein de choses dans son dossier mais elle aurait surtout bien aimé qu'il lui détaille, c'était quoi se mettre en danger quand on tombait sur un connard ? C'était ne pas partir aux premières remarques désobligeantes ? Aux premières pressions ? À la première dispute ?

En sortant du centre, songeuse, elle s'était rappelé que quand elle était petite, sa mère trouvait qu'elle était si sage, jamais une crise, jamais d'arbre trop haut escaladé, jamais de plongeon des six mètres dans la piscine du village d'à côté. Elle restait là où c'était sécurisé. Elle marchait, et elle se demandait ce qui avait changé. Elle n'avait pas l'impression de s'être spécialement mise en danger, non. Par contre, elle avait l'impression d'être remplie de mille coupures invisibles, elle avait en elle la brèche des filles peu confiantes, qui cherchaient à être rassurées et pouvaient accepter n'importe quoi. La brèche de celles qui ont compris trop tôt que dire non ne sert pas à grand-chose, qui l'ont appris durement, dès la sortie de l'enfance.

Arrivée devant la porte de son immeuble, elle s'était promis de ne plus faire de la fuite un fantasme, quitte à se faire violence. Et puis, tout de suite après, rien qu'à l'idée elle avait frissonné.

2

Le truc, comme elle l'appelait faute d'un autre mot, avait pris fin un mercredi. Elle rentrait du travail le cœur lourd et la boule au ventre, comme souvent. Elle cherchait des signes, jouait à « si la prochaine voiture qui passe est bleue, il sera de bonne humeur », pressait le pas, serrait son sac contre elle et pensait au nouvel appartement qui l'attendait loin de lui. Elle avait du mal à y croire, ça allait se terminer pour de bon, mais elle aurait voulu sauter le moment précis de la rupture et s'enfuir pendant qu'il n'était pas là.

Au début de leur histoire, il avait été tendre, beau, sobre. Ils s'étaient rencontrés via un ami commun, qui s'était dit qu'ils iraient parfaitement ensemble. Erin avait vingt-trois ans, aimait faire la fête et évitait déjà de trop parler d'elle. Lui était grand, presque trop, ses bras pendaient le long de son corps comme ceux d'un pantin désarticulé. Brun aux yeux bleus, il cultivait une barbe de deux jours pour parfaire un look de jeune trentenaire parisien à la mode. Il l'avait charmée, il était sûr de lui, un peu abîmé. Elle le trouvait brillant mais il était surtout plus âgé. Elle était fière de marcher à ses côtés, elle se sentait en sécurité, flattée qu'il l'ait choisie elle et pas une autre. Ses amies pensaient que c'était elle qui avait de la chance et jamais l'inverse. Sa mère l'avait trouvé légèrement envahissant mais très poli, son père avait été ravi d'avoir de l'aide pour remplacer les tuiles d'un toit vieillissant. Et puis, de manière sournoise, insidieuse, tout avait déraillé. Elle l'avait senti distant puis passionné, méprisant puis enflammé, alternant des hauts et des bas épuisants, qui faisaient qu'elle ne savait jamais à quoi s'attendre. Il s'énervait pour un rien, c'était toujours de sa faute à elle et elle avait peu à peu perdu ses repères. Un matin, il s'était tourné vers elle pour lui dire d'un air amoureux qu'il était heureux avec elle, qu'il se trouvait moins superficiel, *en fait, avant toi, je faisais tellement attention au physique des meufs tu vois ?* Elle avait souri, en accusant le coup. Elle se disait que ça n'était pas important, qu'il ne fallait pas en faire un drame mais c'était devenu régulier, et ça l'avait usée.

Il lui interdisait de débattre, de donner son opinion sur le monde qui les entourait car il lui reprochait toujours de le rabaisser lui, *oui oui on sait que tu es cultivée* lui disait-il pour qu'elle se taise toujours plus. Elle avait essayé de se faire toute petite jusqu'à devenir invisible, moins menaçante, c'est vrai qu'elle parlait beaucoup, oui elle avait eu la chance que ses parents l'emmènent au musée, elle était désolée. Il venait d'une famille plus aisée qu'elle, sortait d'une école d'art privée, mais d'après lui c'était toujours elle qui l'humiliait, qui prenait trop de place. Ses cadeaux de Noël et d'anniversaire tombaient toujours à plat, et il soupirait en déchirant le papier cadeau. Il avait fini par lui faire des listes précises d'objets chers, qu'elle achetait sans émotion, soulagée qu'une crise lui soit épargnée. En passant devant une femme enceinte un soir, il lui avait serré la nuque en lui chuchotant que si elle grossissait comme ça en portant son enfant, il la quitterait, *t'as compris ?* Elle ne rentrait plus tard le soir chez elle et restait chez lui pour passer la nuit dans sa chambre parce qu'il lui martelait que la rue était trop dangereuse, qu'elle était une proie pour tous ceux dehors qui rôdaient à cette heure-ci, *enfin c'est toi qui vois mais à ta place je ne le ferais pas*. Et puis elle avait emménagé avec lui. Il n'avait jamais levé la main sur elle, et sur les photos qui lui restaient, ils avaient l'air beaux, heureux, amoureux. Ils riaient, ils faisaient des blagues, et ça on pouvait le voir sur le papier glacé. Elle, elle se souvenait plutôt des nuits d'insomnie où elle aurait tant voulu partir, *s'échapper*. De l'abandon de son corps, de guerre lasse, épuisée d'avoir à justifier ses refus, d'avoir à argumenter pour lui en refuser l'accès. De trouver des excuses, de calculer le nombre de jours maximal pendant lesquels elle pouvait repousser ses mains sans que ça dégénère. Des coups de fil en pleine après-midi pour dire qu'il n'avait pas pu se retenir, qu'il avait dû *se branler dans les chiottes au travail, tu comprends* ça, *tu comprends ce que je fais à cause de toi ?* Il n'y avait pas de photo de ces moments-là. Il n'y avait pas d'enregistrements, de films sur le portable, il n'y avait pas de témoin, de certificat médical. Il y avait son corps, celui de l'autre, et c'était tout.

*

Au milieu du pré gelé qui s'étend de l'autre côté de son jardin, l'herbe crisse sous les pas d'Erin. Elle convoque ses souvenirs, essaie de retrouver ce qu'elle a ressenti au moment de partir de l'appartement commun, tandis que Tonnerre s'acharne sur un bâton qu'elle tente de lui arracher. Erin n'arrive à se souvenir d'aucune émotion, juste des faits. Elle avait longtemps hésité, persuadée qu'il était son unique chance d'être aimée, qu'elle finirait seule si elle partait, que personne ne voudrait plus jamais d'elle. Mais un jour le quotidien était devenu trop douloureux, elle suffoquait, elle voulait que ça s'arrête. Elle avait commencé à déménager ses affaires les plus précieuses petit à petit, sans rien dire à personne, ni aux amies, ni à ses parents. Elle faisait des allers-retours et entreposait tout cela dans son bureau toujours tellement encombré que personne ne s'en était alarmé. Elle s'était mise à chercher un appartement et un mercredi elle l'avait quitté, comme ça. Il avait un peu pleuré, lui avait demandé de passer une dernière nuit avec lui et elle n'avait pas réussi à dire non. Elle était restée recroquevillée dans un coin du lit, la chaleur de son corps à lui la dégoûtait. Le lendemain matin au petit déjeuner, elle avait rassemblé ses dernières affaires, avait menti sur l'adresse du nouvel appartement par réflexe et appelé un Uber. Elle avait été très surprise, car il n'avait presque rien fait. Il lui avait demandé s'ils pouvaient faire l'amour une dernière fois et elle s'était glacée en secouant la tête. Cette fois-ci, il n'avait pas insisté. Sur le pas de la porte il avait dit *c'est comme ça, tant pis*. Sans cri, sans violence. Elle s'était demandé si elle avait rêvé toutes ces années.

*

Elle était partie pour de bon et elle avait repris sa vie, un appartement à elle, un lit immense, dans lequel elle restait des heures à fixer le plafond en ignorant les appels et les messages qu'il continuait à lui envoyer. Son deux-pièces était étriqué mais il y avait un balcon qui donnait sur un cul-de-sac. Lorsqu'elle avait un trop-plein de réminiscences, quand il était trop présent dans sa tête et que ça débordait, qu'elle se demandait ce qui était normal et ce qui ne l'était pas, quand la colère d'avoir gâché tant d'années de sa vie la faisait vaciller, elle allait prendre l'air. Elle s'asseyait sur le minuscule tabouret qu'elle avait réussi à caler contre la rambarde, un thé brûlant posé à même le sol, et elle observait la rue.

Elle avait commencé à les remarquer à cause de leurs voix qui résonnaient dès le début de soirée. Toutes ces filles, ces filles aux yeux sauvages et aux manières crues, ces filles qui prenaient de la place et qui parlaient fort dans l'impasse jusque tard dans la nuit. Elles l'intriguaient, elle se demandait pourquoi elles étaient toujours en bas, qu'est-ce qui les liait à cet immeuble, cette rue, ce trottoir précis. C'était devenu une habitude. À chaque crise de larmes, Erin filait sur son balcon et elle les regardait d'en haut en tirant sur sa cigarette, sans rien dire, en ralentissant sa respiration. Elle les regardait s'embrasser, rire, poser la tête sur les épaules l'une de l'autre, et elle pensait à lui, elle pensait à son rire quand elle lui avait dit un jour qu'elle aimait bien les filles en plus des garçons. Il s'était moqué lourdement en disant que c'était une affaire de mode et avait balayé la confession d'un *t'as jamais couché avec une fille, arrête avec tes histoires*. Elle s'était sentie stupide et n'en avait jamais reparlé, mais en voyant la bande sous son balcon, elle était débordée par l'envie de faire partie du groupe.

Un jour, son regard avait croisé celui d'une des filles, dont le visage lui semblait familier. Elle s'était souvenue ensuite qu'elle habitait elle aussi dans l'immeuble et Erin s'était demandé si elle savait, si elle entendait les bruits sourds que faisait parfois sa tête contre le mur quand elle n'en pouvait plus de se souvenir. Elle lui avait fait un signe de la main et était vite rentrée dans l'appartement étouffant. Plus tard, elle avait appris que la fille s'appelait Aria, qu'elle habitait seule en dessous de son appartement. Erin était toujours fuyante mais Aria s'était mise à l'inviter régulièrement à prendre un café, sonnant pour lui emprunter thé, sucre ou sel, toujours souriante et jamais intrusive. Erin ne l'avait jamais laissé passer le seuil de son appartement mais avait fini par accepter les cafés et s'était glissée dans la cuisine de sa voisine sur la pointe des pieds.

En écoutant d'une oreille Aria qui parlait, elle observait les flyers aimantés sur le frigo, les appels à manifester, le bordel ambiant, les poils de chat partout, l'assiette sale posée sur le sol avec un reste de pâtée et quelques croquettes éparpillées. Elle s'attardait sur les affiches au-dessus de l'évier, les photos. Il y en avait une qui attirait son regard à chaque fois, des lettres noires sur du A4 collé sur un mur, l'image avait été prise la nuit quelque part dans Paris. C'était écrit

« Il te frappe, on te croit » et quelqu'un avait rajouté un tag en rose à côté « et on réplique ». Ça la faisait sourire mais elle n'y croyait pas, elle se demandait toujours, dans la vraie vie, qui répliquait.

Erin aimait entendre la voix d'Aria. Elle aimait ses mains qui dansaient quand elle parlait, la cicatrice discrète sur son menton qui datait d'un plongeon raté durant l'enfance, le grain de beauté sur l'oreille droite, tout juste visible, son léger accent italien. Le chat sur les genoux, Erin relançait Aria dès qu'elle avait fini de parler, pour prolonger la conversation, éviter que le silence s'installe et précipite son départ de l'appartement. Elle la faisait raconter ses journées, parler de sa vie, de ses avis tranchés sur le monde, des livres qu'elle lisait tout aussi vite qu'Erin. L'endroit lui paraissait si vivant comparé à chez elle, où les murs étaient vides et les quelques objets qu'elle possédait cachés dans les tiroirs. Alors elle faisait durer ce moment, traînant dans cette cuisine accueillante, ayant envie de s'y déplier.

Souvent la nuit, quand Erin n'arrivait pas à dormir, elle pensait à la bande avec une pointe de jalousie. Elle se demandait ce que ça faisait d'appartenir à un groupe soudé, de ne plus être seule pour se défendre. D'avoir une bande qui restait unie, une meute. Si l'une de ces filles savait ce qui lui était arrivé dans l'obscurité d'un appartement de l'autre côté de la Seine, est-ce qu'elle montrerait les crocs ?

À défaut d'une louve qui aurait veillé sur elle, Erin avait fini par adopter une chienne. C'était son fantasme depuis toute petite, mais elle n'avait jamais pu. Ses parents avaient refusé, puis son appartement d'étudiante était trop petit et enfin il lui avait dit qu'elle ne saurait pas s'occuper d'un chien, que c'était ridicule. Elle avait pensé à lui en cliquant sur l'annonce qu'une connaissance avait partagée sur Facebook, en lui faisant mentalement un doigt d'honneur. On y voyait un chiot blanc, apeuré, le museau allongé et les oreilles un peu tordues, serrant fort dans sa gueule un panda en peluche déjà bien abîmé. *Urgent – Tonnerre cherche une famille.* Le nom de la chienne l'avait interpellée. Elle semblait porter ce nom de manière ironique, peut-être que la famille d'accueil s'était dit qu'en la nommant ainsi, ça lui donnerait du courage et qu'elle en aurait bien besoin. Elle avait cliqué, lu tout le descriptif. La mère était une chienne qu'on avait trouvée affamée, errant en Seine-et-Marne avec ses trois petits. Les deux frères avaient déjà été placés et il restait Tonnerre, quatre mois, dont personne ne semblait vouloir. Elle savait que l'appartement était petit mais elle trouvait que c'était faisable, elle la sortirait régulièrement. Elle qui avait du mal à se décider pour tout avait envoyé un mail le soir même en détaillant sa situation. Elle promettait de la promener trois fois par jour.

À sa surprise, elle avait eu une réponse très rapide, elle pouvait aller la rencontrer le lendemain et une dame de l'association passerait le soir pour regarder l'appartement, est-ce que ça lui convenait ? Elle avait sonné le lendemain à la porte d'un appartement de banlieue parisienne qui sentait très fort les croquettes et la litière. Elle avait été accueillie par deux chats et une femme de son âge, qui l'avait conduite dans la chambre où le chiot se cachait. Tonnerre était une chienne toute blanche, une sorte de patou miniature. *Elle est très timide* lui avait dit la femme qui l'accueillait temporairement *et on ne sait pas trop sa taille et son poids futur, c'est embêtant ?* Erin avait secoué la tête et s'était assise. Après quelques minutes d'appel et de silence, Tonnerre était sortie de sous le lit, avait reniflé les doigts d'Erin et s'était mise à les mordiller. Elle était repartie sous le lit, pour en ressortir avec le panda en peluche, qu'elle avait déposé sur ses genoux. La dame de la famille d'accueil avait souri, *elle vous aime bien*, et Erin en était tombée raide dingue. Il y avait longtemps qu'elle n'avait pas désiré quelque chose aussi ardemment, de manière aussi obsessionnelle. Elle avait pensé à la chienne pendant toute une semaine et avait attendu anxieuse l'accord de l'association. Quand elle avait reçu l'appel qui confirmait l'adoption, Erin avait eu envie de pleurer de soulagement.

Le lendemain, elle était partie tôt du travail pour acheter tout ce qui lui paraissait nécessaire et elle était allée la chercher le surlendemain, fébrile mais sans regret ni panique. La première nuit, elles s'étaient jaugées, observées, il avait fallu résister à l'envie de dormir avec, faire preuve d'un peu d'autorité, nettoyer les accidents de vessie. L'appartement lui avait tout de suite semblé moins vide. Elle s'était vite habituée au rythme de la chienne, comme si elle avait toujours été dans sa vie, et pendant un temps Tonnerre était devenue son occupation principale. Il fallait passer des heures à googler tout sur les techniques d'éducation, l'apprivoiser, la sortir, la filmer et saturer ses réseaux de vidéos et de photos maladroites. Tout ça avait repoussé l'angoisse plus loin pendant quelques semaines, mais ça n'avait pas suffi.

3

Erin ne savait pas vraiment si elle pouvait dire qu'elle avait grandi à la montagne. Elle connaissait mal les noms des pics qui encerclaient sa vallée et devait tout le temps vérifier sur internet. Elle ne connaissait pas les sommets enneigés de près, ce qui l'entourait c'était les montagnes boueuses, la voisine qui buvait trop, la vallée étriquée. À partir d'où la campagne devenait-elle la montagne ? À partir de quelle altitude, de quelle proximité avec les cimes devenait-on montagnarde et non plus campagnarde ? La neige la remplissait de joie mais elle n'avait jamais fait de raquettes. Elle était habituée au froid, aux maisons gelées le matin quand elle se levait, avant que le feu soit fait dans le poêle du salon. Aux premières lueurs de l'hiver, qui la voyaient enfouir ses vêtements sous sa couette avant de se lever, pour qu'ils se réchauffent avec la chaleur que son corps avait produite pendant la nuit. Aux grosses chaussettes en laine qu'on ne quittait plus passé l'automne, aux bus scolaires qui ne circulaient jamais le premier jour de neige de l'année, aux cours d'escalade au collège, aux plaques de glace sur lesquelles on pouvait glisser, aux pare-brises gelés qu'il fallait gratter fort pour ne pas arriver en retard à l'école. Au mont Blanc qu'on pouvait apercevoir tous les matins dans le bus mais que personne ne regardait vraiment, à l'aiguille qu'on voyait depuis la fenêtre du haut de la maison et dont elle n'avait jamais su le nom. Petite, elle adorait le ski, s'en fichait de la technique, elle voulait sentir le froid, descendre la pente coûte que coûte même si c'était sans grâce. Elle avait commencé à moins aimer ça quand tout était devenu sérieux, quand on lui avait demandé combien d'étoiles elle avait obtenues, qu'on observait son style, sa posture, sa vitesse, qu'on avait voulu lui montrer comment faire pour être plus gracieuse, plus performante. Et puis elle avait totalement abandonné quand il était venu avec elle une fois sur la crête qu'elle aimait tant, et qu'en bas de la piste il lui avait fait remarquer que sa technique n'était quand même pas très bonne pour une fille d'ici. Honteuse, elle avait essayé de se justifier, mais s'était sentie incapable, ridicule. À la fin de la journée il lui avait pris ses skis des mains, *donne je te les porte, tu vas te faire mal au dos* et elle ne les avait plus jamais sortis.

Plus tard, elle penserait à ce moment quand on lui demanderait, *mais si tu viens des Alpes, t'as dû grandir avec des skis aux pieds et tu dois connaître par cœur ta vallée, non ? T'as dû tout explorer, tout grimper, tu nous emmèneras chez toi ?* Et elle rigolerait, mal à l'aise, en se disant que de toute façon, les gens avaient du mal à comprendre cet entredeux. Ni la campagne, ni la montagne, ou bien les deux en même temps, elle ne savait pas.

Ce qu'elle savait par contre avec certitude, c'était que chez elle les odeurs étaient plus vives qu'en ville, l'air était plus frais, plus brutal. Elle n'était pas gênée par l'odeur du fumier, ça disait simplement qu'on était sur des terres partagées, rien de plus. Elle ne se lavait pas les mains trois fois par jour et trouvait que la boue salissait moins que le métro. Les couchers de soleil se suffisaient à eux-mêmes et donnaient l'impression d'un cadeau fait par la campagne, un cadeau éphémère qui, quand le ciel était dégagé, teintait les montagnes de violet.

Malgré ça, elle avait fui jeune, certaine que la ville lui apporterait davantage que la vallée. Elle voulait voir autre chose, plus de monde, de vie, ne plus être restreinte par la vitesse limitée de son scooter, ne plus être dépendante de la voiture, du permis de conduire, elle voulait du bruit, de la fête, des magasins. Erin avait adoré ses premières années en ville, l'université, le cinéma à n'importe quelle heure, les librairies partout, les gens, toujours plus de gens différents, qu'elle rencontrait à la fac ou la nuit. C'était tout un monde qui s'était ouvert à elle. Petit à petit, quand le bonheur d'être là où tout se passait s'était dissipé, la ville avait fini par l'étouffer comme la vallée l'encerclait jadis. Pendant des années, quand elle revenait de vacances et retrouvait son appartement exigu, elle sentait un poids appuyer sur son estomac. Le retour à la ville, c'était le retour à l'ennui. L'ennui sournois, qui n'offrait pas de solution. Elle n'aurait jamais pensé regretter le rangement des sacs de pellets sous l'abri de jardin, le désherbage du gravier ou l'observation des oiseaux. Mais l'ennui urbain, c'était pour elle comme un vide qui grattait, qui rongeait à l'intérieur, qui ne pouvait être comblé que par des choses à acheter, à trier, à accumuler. Ses rêves n'avaient pas de place pour respirer, ils s'étaient amenuisés, tandis qu'elle se sentait en concurrence perpétuelle avec ceux et celles qui faisaient toujours mieux, avec toujours plus de succès. Et contrairement à ce qu'elle avait d'abord imaginé, la ville c'était aussi la solitude. Elle s'était sentie noyée dans la masse.

*

Après l'avoir quitté, elle avait repris contact avec ses amis, avait multiplié les occasions d'être entourée, sans succès. Si elle avait recommencé à sortir un peu, à boire des verres tard, elle refusait l'alcool, ne voulait jamais perdre le contrôle et ses amis avaient du mal à comprendre. Ils la trouvaient moins drôle, plus sérieuse. Elle avait eu quelques histoires passagères avec des garçons qu'elle ne laissait pas s'approcher trop près, mais rien qui l'enthousiasmait. Au pire, ils l'effrayaient, le plus souvent, ils ne l'intéressaient plus. Erin avait grandi, vieilli, et son corps ne rentrait plus dans le moule d'avant, dans l'insouciance, la légèreté de son entourage. Elle sursautait discrètement dès qu'elle entendait une personne passer derrière elle.

Elle sentait un gouffre entre elle et les autres, un vide profond que personne ne semblait vouloir combler. Est-ce qu'on peut un jour guérir des dos qui se tournent et des yeux qui ne vous regardent plus en face ? C'était comme une blessure qui n'en finissait pas de guérir, une croûte trop fragile qui ne cessait de s'arracher. Personne ne lui posait de question. Personne ne demandait ce qui s'était passé, ils disaient qu'elle avait l'air en forme, qu'elle avait l'air de bien gérer la rupture. Ils disaient « un de perdu, dix de retrouvés » en riant, et elle riait aussi en retenant ses larmes. Ils l'avaient pourtant tous rencontré. Ils avaient vu Erin se transformer, faire des crises d'angoisses, ne plus sortir tard le soir. Ils avaient vu sa main encerclant sa nuque à chaque fois qu'elle sortait, comme s'il la tenait par la peau du cou. Ils avaient ri des scènes qu'il lui faisait quand elle allait à la piscine ou au parc sans le prévenir. Elle avait voulu parler, dire les pressions au lit, son corps meurtri. Ils avaient balayé l'affaire, *c'était un con, t'es pas tombée sur le bon*. Elle avait eu du mal à poser les mots, ceux qui choquent, elle ne se retrouvait dans aucune description, aucune campagne de prévention ne parlait d'elle, elle n'avait jamais reçu de coup, il n'y avait jamais eu de traces. Ils en avaient profité pour faire semblant de ne rien comprendre à la situation, c'était plus simple comme ça.

Et puis il y avait eu un énième appel à témoignage MeToo. Erin s'était reconnue dans les histoires qui déferlaient. Elle avait passé la nuit à écrire un post, elle avait mis des heures à choisir les mots, à décider ce qui valait la peine d'être rendu public et ce qu'elle pensait accessoire. Au petit matin, les yeux cernés, elle l'avait publié sur son mur Facebook et elle avait attendu. Elle avait récolté des likes, des *je te soutiens !* Et plus rien. Personne ne lui avait envoyé de message, personne ne l'avait appelée. Ça n'avait rien changé, sauf son sentiment de solitude qui avait été décuplé. Après ça, elle n'avait plus parlé. Elle avait fait l'expérience du silence et de l'inaction, merci mais non merci, elle trouvait que les gens autour d'elle n'avaient qu'à faire un effort, qu'elle ne pouvait pas faire plus, trop blessée de les voir se boucher les oreilles.

Alors, plus les mois passaient, plus le gouffre entre elle et les autres s'approfondissait. Elle ne voyait plus comment fabriquer une passerelle pour revenir vers eux, plus comment prétendre que tout allait bien, comment retisser ces liens alors qu'elle s'était sentie si seule pendant toutes ces années. Et certains jours, elle avait l'impression que, davantage que de la violence subie, c'était du silence dont jamais elle ne se remettrait, de l'indifférence des autres qui sous-entendait que ce qui lui était arrivé n'avait jamais existé, qu'il ne s'était rien passé.

Elle revoyait dans sa tête les médecins à qui elle avait demandé, de manière pudique, si c'était normal qu'elle ait mal à chaque rapport avec lui et qui avaient haussé les épaules. Les amis, les collègues, ceux à qui elle avait dit, à qui elle avait suggéré, qui avaient fermé les yeux, même si au fil des années ils s'étaient mis à le trouver con, soupe au lait. Ça n'était pas leur affaire. Les gens étaient sûrement embarrassés, eux, oui eux ne seraient pas restés, ils se rassuraient le soir dans leur lit en se disant qu'il fallait être bien abîmée, sans défense, pour rester sous le joug de types pareils et s'endormaient ensuite paisiblement. Rien que d'y repenser, elle sentait les muscles de ses mâchoires se tendre, ses dents frotter les unes contre les autres.

L'angoisse rôdait, c'était comme une lutte intestine, une guerre permanente qui se jouait à l'intérieur d'elle et il fallait qu'elle se débatte silencieusement pour ne pas sombrer. Seule dans son appartement, elle avait le sentiment de marcher sur un fil, qu'au moindre relâchement elle risquait de basculer dans le camp de la folie et de l'envie de crever. Elle marchait précautionneusement, mesurant chaque pas avec méfiance. Elle avait perdu l'habitude de faire confiance aux autres et au terrain qu'elle explorait. Personne ne semblait y prêter attention, mais chaque bruit, chaque petit changement pouvait la perturber.

Après la rupture, elle avait gardé ce réflexe d'anticiper les moindres besoins, les moindres variations d'humeur des gens autour d'elle, souvent à l'excès. Elle était obsédée par l'idée qu'elle pouvait faire un faux pas, dire quelque chose de travers et qu'en réponse le monde entier lui tournerait le dos. Elle avait la nausée. Sa tristesse stagnait, refusait de prendre le large et la rage n'arrivait jamais, trop coûteuse. Alors, un soir après avoir sorti Tonnerre dans la rue sale et bruyante sans avoir pu la faire courir à cause des voitures, son désir de fuite avait pris forme et Erin avait commencé à penser à la neige de plus en plus souvent.

Ça avait commencé par un post sur Instagram d'un compte qu'elle aimait bien, une photo du sommet de la Pique d'Endron, une vue incroyable sur les alentours. Elle avait cherché sur une carte où c'était et tout s'était accéléré. Elle n'avait jamais vu les Pyrénées, n'avait jamais mis un pied en Ariège et c'était ce qu'elle cherchait, un endroit neuf, vierge de tout souvenir. Un endroit où personne ne savait qui elle était. Elle avait déployé ce qui lui restait d'énergie à écumer toutes les annonces possibles sur Leboncoin. Elle s'était renseignée sur les possibilités de quitter son boulot et de toucher le chômage, elle avait fait le point sur ses économies et, un soir, en se retournant dans tous les sens dans son lit, elle s'était rendu compte qu'elle était décidée. Elle allait le faire. Elle avait fait cette chose qui lui aurait été impossible auparavant, elle avait choisi la maison sans la voir en vrai, sur photos. À vrai dire, quand elle avait cliqué sur l'annonce et qu'elle avait découvert la vue depuis le jardin, elle avait sauté sur son téléphone. Les sommets alignés étaient si proches qu'on pouvait les dessiner. La maison n'avait pas de voisins mitoyens mais n'était pas isolée, Google Maps lui avait indiqué qu'il ne fallait que dix minutes en voiture pour accéder au premier supermarché, ça lui semblait tout à fait raisonnable. Le jardin était assez grand pour que Tonnerre puisse en profiter, il y avait une table et deux chaises dehors et l'intérieur était meublé sans être trop chargé. La propriétaire, plutôt âgée, avait été un peu embêtée qu'Erin n'ait ni garant ni CDI mais Erin avait proposé de payer cinq mois d'un coup, elle avait accepté un bail de courte durée, elle aurait dit oui à n'importe quoi tant qu'elle pouvait emménager vite. Alors à la fin du mois de novembre, un jour de grisaille parisienne, elle était allée chercher une voiture de location dans une agence de la gare de l'Est. Elle avait laissé derrière elle les immeubles pour descendre vers le sud et traverser des kilomètres de champs et de forêts, galvanisée par l'espace, l'absence de constructions et la fin de l'automne qui devenait soudainement visible. Passé le stress des premières heures, elle s'était autorisée à mettre de la musique et le son de « Kings & Queens » avait rempli l'habitacle. Elle avait longé de loin le plateau de Millevaches, dépassé Brive-la-Gaillarde en chantant *No damsel in distress, don't need to save me/Once I start breathin' fire, you can't tame me* à Tonnerre endormie sur la banquette arrière. L'A20 était vide, pas particulièrement jolie, mais elle était survoltée à l'idée de ce qui l'attendait. Lorsqu'elle s'était arrêtée à l'aire des Jardins des causses du Lot, elle avait regardé les gens autour. *Personne ne peut deviner que je pars. Personne ne sait où je vais.* Ce sentiment l'avait rendue heureuse, bien plus qu'elle ne l'avait imaginé.

En passant Toulouse, elle avait entraperçu les Pyrénées, qui formaient une ligne enneigée, au loin. La route en direction de Foix avait été comme un long dévoilement progressif de la nature environnante. C'est en bifurquant juste avant Tarascon-sur-Ariège, en direction de Saurat, qu'elle avait commencé à sentir l'excitation la gagner tout entière.

La longue montée du col de Port lui avait fait penser aux Alpes, en plus sauvage, plus vide, plus isolé. En haut du col, la vue sur les massifs alentour lui avait coupé le souffle. Elle avait arrêté sa voiture sur le parking qui faisait face à un restaurant. Elle n'avait pas osé s'asseoir seule à une table de la grande terrasse qui regardait les montagnes, même si elle en crevait d'envie, et s'était promis de revenir à l'Auberge de la Sapinière, de prendre un café, de devenir une habituée et de se fondre dans le paysage. À la place, elle avait juste sorti Tonnerre. La chienne en avait profité pour se soulager à côté du panneau recouvert d'autocollants, sur lequel on pouvait encore tout juste distinguer que le col s'élevait à 1249 mètres d'altitude. Erin s'était dégourdi les jambes timidement, s'approchant des panneaux de randonnée annonçant le pic d'Estibat d'un côté et le Roc Blanc de l'autre. Elle les avait regardés discrètement, honteuse de s'imaginer marcher sur ces chemins, comme si on allait la remarquer, lui rappeler qu'elle n'avait pas le niveau, la prendre par la manche et la ramener à Paris immédiatement. En rentrant dans la voiture, elle avait rallumé son téléphone en se frottant les mains pour les réchauffer. Le GPS lui annonçait dix-neuf minutes jusqu'à Massat, le temps de la descente.

*

Une fois sur place, elle s'était rendu compte que la maison en elle-même n'était pas fantastique, mais elle avait le mérite d'être lumineuse et simple, peu encombrée. Une maison de plain-pied, avec une baie vitrée sur le côté du salon, près de la cheminée, une fenêtre près de la cuisine et une petite chambre au fond. Ça lui suffisait amplement, de toute façon Erin était partie avec très peu de bagages, elle avait mis la plupart de ce qu'elle possédait dans un garde-meuble en région parisienne. Elle avait gardé avec elle les affaires de la chienne, des cartes postales pour décorer, deux sacs d'habits d'hiver et de randonnée, ses chaussons d'escalade et un carton de livres, c'était à peu près tout. Le reste, elle pouvait bien s'en passer. En lui donnant les clés, la propriétaire lui avait demandé, un peu gênée par sa propre curiosité, si elle était irlandaise, vu son prénom. Erin avait donné l'explication habituelle. Ses parents avaient eu la drôle d'idée de lui donner ce prénom, peu fréquent au milieu de la campagne haut-savoyarde. Sa mère était tombée enceinte pendant un voyage en Irlande, ils avaient trouvé le pays impressionnant, vivant, les rivières magnifiques et sauvages, et puis ils avaient été marqués par l'histoire de l'IRA, même s'ils en parlaient moins. Chaque année au collège, puis au lycée, elle décevait ses profs d'anglais avec son accent français marqué, son anglais calqué sur les chansons pop qu'elle écoutait en boucle et ses fautes de grammaire. Tout le monde présumait toujours qu'elle venait des États-Unis, les gens étaient déçus qu'il n'y ait pas d'autre raison à ce prénom qu'un voyage en Europe, et Erin avait pu lire cette déception familière sur le visage de sa logeuse. En partant, celle-ci s'était retournée et lui avait glissé de ne pas s'inquiéter des bruits le soir sur le toit, une chouette hulotte y avait élu domicile et, malgré tous les efforts du monde, elle refusait de partir. Erin avait été contente, elle trouvait que c'était un bon présage. Elle s'était installée rapidement, avait disposé toutes les cartes postales qu'elle avait apportées sur le rebord de la fenêtre du salon et bizarrement s'était sentie chez elle. En temps normal, Erin était de celles qui flippent. Elle avait peur la nuit, peur le matin tôt, peur du noir, des gens, des parapluies qui risquent de l'éborgner, de ne pas être aimée, d'avoir une crise cardiaque, de ne jamais retrouver de travail, de ne pas avoir de retraite, de l'aiguille de perfusion qui pourrait percer une artère et créer une hémorragie, des transports en commun, des hommes qui rôdent. Mais, à son grand étonnement, la solitude dans cette maison lui était moins menaçante. La porte verrouillée et les volets fermés, elle écoutait tous les bruits, en essayant de les identifier : la chouette qui se déplaçait sous le toit, les souris qui cavalaient le long de la charpente, Tonnerre qui changeait de place dans son panier. Elle avait fini par s'endormir plus vite qu'elle l'aurait imaginé. Finalement elle avait eu peu de mauvaises nuits depuis son arrivée. Et depuis qu'elle était là, au petit déjeuner elle respirait mieux, face aux reliefs dont le sommet était déjà enneigé.

4

La voix d'une vidéo YouTube résonne dans le salon, tandis qu'Erin a les mains à plat sur le tapis de yoga commandé sur internet il y a quelques jours, les jambes tendues et les mollets étirés. Elle essaie de suivre les instructions tout en esquivant Tonnerre qui trouve ce nouveau jeu très amusant. Elle fait une pause pour enlever son pull et ses chaussettes, la pièce étant désormais bien réchauffée par le feu. En tournant la tête pour faire la torsion demandée par la voix de la vidéo, elle aperçoit un chat noir qui traverse le jardin. Il passe rapidement, puis s'arrête dans un coin, renifle l'air et regarde Erin. Elle l'a déjà vu les jours précédents, mais jamais autrement qu'à travers la fenêtre, jamais quand elle est dehors à traîner sur les marches. Il la fuit, il se cache mais elle garde espoir, elle réussira peut-être à l'apprivoiser si Tonnerre le laisse tranquille. La voix lui demande de changer de posture et le chat repart en courant dans les fourrés. Au fur et à mesure, Erin sent ses muscles s'allonger, tirailler, son dos se délier et elle expire longtemps, heureuse de voir que ses efforts quotidiens commencent à porter leurs fruits.

Au bout de quelques semaines, Erin a dû se rendre à l'évidence. Sans travail quotidien, elle doit s'occuper, réorganiser son temps et le yoga lui prend au moins une heure dans la journée, une heure où elle ne pense à rien d'autre qu'à suivre la voix énergique de Paula, la prof en ligne.

Plus jeune, elle adorait les grandes vacances. Ce temps qui s'étirait, l'odeur de la terre chaude, le sol brûlant de la terrasse et celui rafraîchissant des catelles de la cuisine, les pieds toujours sales et toujours nus, les Snickers glacés du congélateur avalés par paire, l'imagination toujours enclenchée. Elle ne se souvient pas de s'être ennuyée, ni d'avoir eu envie de combler l'espace-temps avec mille choses. Il y avait le jardin. Il y avait des endroits à découvrir, des livres à lire, des jeux à inventer, des espèces à répertorier.

Ici, du temps, elle se méfie. Elle se réveille heureuse d'en avoir, heureuse de n'avoir aucun plan, et se retrouve à errer en pleine après-midi, à se demander ce qu'elle fait, ce qu'elle produit, ce qu'elle accomplit. Elle regarde les offres d'emploi dans le coin (il n'y a rien), retouche son CV (qui n'a pas bougé), met à jour son Linkedin et essaie de trouver des choses à noter sur sa liste de *trucs à faire*, de *tâches à accomplir*, des idées de *formations,* de nouvelles *compétences*, qu'elle oublie aussitôt écrites. Aussi éloignée qu'elle puisse être de la ville, elle en a gardé les habitudes. Avant d'avoir Tonnerre, elle traînait des heures dans son lit quand elle se sentait vide d'énergie. Désormais, elle doit se lever tous les matins. À Paris, le week-end elle retournait se coucher après la première balade mais ici, comme elle n'a qu'à ouvrir la porte pour la faire sortir, elle préfère prendre son petit déjeuner sur les marches de la maison, emmitouflée dans sa doudoune, en la regardant courir tout autour du jardin. Trop précautionneuse, Tonnerre ne s'aventure pas encore au-delà des haies qui la séparent de la route d'un côté et des champs de l'autre.

Une fois le feu lancé au réveil, Erin passe du temps dans le froid, à regarder sa chienne et les oiseaux qui n'ont pas migré vers le sud. Elle observe les merles perchés en haut de l'arbre, à gauche de l'entrée, qu'elle tente d'identifier depuis son arrivée. *Un châtaignier ? Peut-être un marronnier ?* Elle ne se souvient plus de la différence. Les mésanges et les quelques geais qui traînent encore dans le coin l'occupent ensuite quelques minutes et elle ne rentre que quand le thé ne suffit plus à garder ses mains tièdes.

Depuis sa maison, Erin peut traverser la route qui remonte vers le col de Port, puis descendre par un sentier peu entretenu pour arriver au pont qui enjambe l'Arac et marque l'entrée du village. Massat est rempli de rues sinueuses, desquelles surgissent régulièrement les montagnes, comme par surprise. À gauche, elle voit des sommets dont elle a fini par apprendre le nom, le mont Fourcat et le pic d'Estibat, à droite, la vallée qui s'enfonce loin, jusqu'à rejoindre le Salat. Elle a commencé par parcourir ces routes sans jamais se risquer trop loin, redoutant d'être surprise par la nuit. Le soleil se couche plus tard le soir mais les journées sont encore courtes.

Elle passe souvent dans le village, sur la place de l'Église, s'assoit quelques minutes sur le banc au soleil en grignotant un bout de baguette chaude achetée à la boulangerie d'à côté. Puis, stressée à l'idée qu'on vienne lui parler, elle repart vers la rivière, en passant devant la vitrine de l'Office de tourisme où sont affichées les prévisions météo de montagne, scotchées à même la porte en bois.

Il lui a fallu plus longtemps pour s'aventurer le long des sentiers qui partent de la maison et montent dans la forêt. Au début elle marchait, le ventre noué et les paumes moites, effrayée à l'idée de se perdre ou de faire une mauvaise rencontre. La mise en mouvement lui était insupportable, presque impossible. Elle s'arrêtait en plein sentier, immobile, le regard fixe, prêtant attention à tous les sons autour d'elle, pour tenter de reprendre possession de son corps, et le faire bouger. Son corps ne répondait pas mais ses oreilles enregistraient, ses yeux écarquillés observaient le merle qui fouillait les feuilles mortes, le pic épeiche qui tapait le tronc d'un arbre. Elle ne savait pas où aller, quel chemin prendre, toute décision lui semblait paralysante, faisait disjoncter son cerveau. Alors elle attendait que le flot de panique s'apaise, en priant pour qu'aucun humain ne surgisse sur le chemin. Dans la douleur de la mise en mouvement, elle croisait parfois des promeneurs heureux, des joggeurs souriants, transpirants, et une vague d'agacement l'envahissait brièvement. Plus que leur corps qui lui apparaissait invincible, c'est leur cerveau qu'elle enviait, leur mental sans accroc qui les faisait avancer alors qu'elle s'enracinait pour ne pas sombrer. *Cinq minutes, pour que Tonnerre puisse courir un peu. Dix minutes, et tu rentres.* Pour bouger, il lui fallait piéger le mental, le distraire, jusqu'à ce que les jambes trouvent un bon rythme, que le souffle se calme.

Au fil des semaines, le mouvement lui est devenu plus naturel, elle s'est même mise à courir au milieu des champs pour sentir son cœur accélérer, faisant la course avec Tonnerre pour finir essoufflée et transpirante. Elle aime l'idée que ses muscles soient gorgés de sang, qu'aucune partie d'elle-même n'ait péri dans l'histoire, que tout palpite, que tout vive encore férocement. Le matin, quand elle se réveille et qu'elle sent les courbatures, elle exulte. Dans la journée, elle bouge les épaules pour sentir cette douleur particulière, la douleur de l'effort. Son corps se déroule. La ville l'avait enroulée sur elle-même, l'avait fait se voûter, se rapetisser, jusqu'à devenir l'ombre d'elle-même. Ici elle a l'impression de retrouver sa taille initiale.

*

En rangeant son tapis de yoga, elle s'approche de la fenêtre et regarde les parois rocheuses qui se dressent au loin autour d'elle et qu'elle aimerait bien escalader. Les jours clairs comme ce matin, elle aperçoit même le nez coupé que forme le mont Valier. La neige descend toujours plus bas, toujours plus près. Elle aimerait bien aller dormir dehors, marcher la nuit et voir le soleil se lever, évoluer seule dans la montagne pendant plusieurs jours mais elle sait qu'elle flipperait, même avec Tonnerre. Les hommes lui ont injecté la peur dans les entrailles. Parfois, elle a l'impression que la société s'est organisée pour interdire à toute une partie de l'humanité l'accès aux grands espaces, pour les priver de la beauté du monde et de la solitude en les enfermant à l'intérieur des foyers et des villes par la peur. On les tient à distance en faisant de la nature un espace élitiste, un espace nécessitant des compétences spécifiques. Par-dessus le marché, il faut composer avec la menace répétée depuis l'enfance qu'à tout moment, un homme peut décider de foutre en l'air la vie d'une meuf, sur un coup de tête, au détour d'une ruelle ou d'un bois. Les rares fois où elle avait campé en pleine nature avec des amies, elle avait dû se rassurer à chaque bruit : « Ça n'est qu'un renard qui explore, un chevreuil, un écureuil qui passe. » Statistiquement, la montagne est plutôt un endroit sans danger de ce côté-là, mais contrairement à ses amies, elle était terrifiée à l'idée que le bruit qu'elle entendait ne soit pas celui d'un sanglier mais d'un mec perdu, décidé à entrer dans leur tente. Elle sursautait encore parfois quand elle se promenait mais elle sentait qu'elle progressait, au lieu de tressaillir elle tournait la tête, curieuse d'apercevoir quelque chose de vivant. Enfin, elle réapprenait à se réjouir des bruits, des traces, du silence.

*

Après avoir remis une bûche dans le feu, elle s'assoit dans le canapé et ouvre son ordinateur pour vérifier ses mails. Elle clique sur le premier, c'est sa mère qui lui transfère le suivi de colis de son cadeau de Noël, qui vient d'arriver à la poste. Elle va devoir aller le chercher. Elle regarde sa montre, selon internet elle a le temps d'y aller maintenant. Elle se lève pour contrôler l'état de son frigo, remarque qu'il n'y a plus de lait ni de pain au congélo. Elle sent le nœud se former dans son cerveau. Aussi stupide que ça puisse paraître, Erin ne sait pas si elle doit aller chercher du pain maintenant puis passer à la poste chercher le paquet ou l'inverse. Elle revérifie les horaires d'ouverture de la poste et de la boulangerie qu'elle connaît déjà très bien. Elle demande à Google Maps le temps du trajet qu'elle a pourtant fait l'avant-veille. Elle est figée. Son incapacité à prendre une décision s'est aggravée au fil du temps. Prendre une douche, ne pas la prendre, se laver les cheveux ou non, passer au supermarché avant la poste ou l'inverse, prendre le vélo ou le métro, tout est prétexte à l'indécision. À Noël, elle a par exemple longuement hésité à rentrer chez ses parents, mais ça ne faisait qu'un mois qu'elle était là, elle était fatiguée d'avance par la route, ses parents étaient loin, très loin. La question a tourné mille fois dans sa tête le soir, et plus sa mère la pressait de donner une réponse, plus elle se sentait indécise. Elle a fini par faire le lien, l'indécision vient souvent en éclaireuse de l'angoisse, il faut décider, plus vite, plus vite, et l'angoisse prend le relais. C'est un des aspects les plus difficiles à raconter, ces moments passés chez elle à hésiter à sortir boire ce verre qu'on lui a proposé, à réexaminer le trajet encore et encore et encore jusqu'à se mettre en retard, très en retard, hésiter encore plus, abandonner.

Curieusement, marcher en pleine nature l'aide beaucoup, notamment parce que le parcours est balisé. Elle n'a jamais à prendre de décision, même pour une balade de moins d'une heure autour de sa maison elle suit les marques jaunes, rouges ou blanches sur les arbres et les cailloux, les directions indiquées par les panneaux jaunes à chaque intersection et, quand elle a un doute, elle peut vérifier sur la trace GPS qu'elle est bien sur le bon chemin. Ça repose son esprit, de se laisser guider comme ça, et elle aimerait bien que sa vie quotidienne soit à l'image de ses marches, un peu plus balisée.

L'heure tourne, elle trouve qu'on se rapproche dangereusement de la fermeture de midi. Elle devrait y aller maintenant mais bouger lui semble impossible. Elle se parle, elle s'insulte, elle se cajole, *allez lève-toi, bouge-toi, allez, prends tes clés, allez allez, tout va bien se passer*. Briser ce cercle lui demande un effort mental considérable. Elle enfile ses chaussures, sa veste, prend ses clés et s'arrête au milieu de la pièce. Est-ce qu'elle devrait prendre Tonnerre avec elle ? Elle pourrait en profiter pour faire une balade sur le retour. Mais où dans ce cas ? Quel chemin ? Est-ce qu'il faudrait regarder sur internet ? Alors qu'elle est sur le point de se rasseoir, Erin murmure *non, non, Tonnerre reste là j'y vais*. Elle lui caresse la tête tendrement, s'attarde en lui grattant les oreilles, et arrive miraculeusement à sortir de chez elle et à s'engouffrer dans sa voiture.

5

Courir dans les champs près de chez elle la défoulait, mais les montagnes autour la narguaient, la mettaient au défi. Après tout, elle était quand même venue ici pour elles. Un soir, elle a fini par sortir la carte IGN qu'elle avait emportée en partant de Paris. Perplexe devant l'immensité des possibilités qui s'offraient désormais à elle, Erin avait décidé dans un premier temps de faire les randonnées qui avaient l'air très simples et faciles d'accès. Mais l'idée de partir seule lui était difficile. Elle n'avait jamais randonné sans personne pour l'accompagner et restait marquée par les cinq longues années où elle s'était entendu rabâcher qu'elle n'en était pas capable, trop tête en l'air, trop vite essoufflée, son équipement jamais assez complet. Pendant cette période, quand elle rentrait chez ses parents, ils accueillaient en silence ses refus d'aller en montagne, sauf pour une balade de *moins d'une heure, maximum une heure et demie, je tiendrai pas sinon*, alors que leur fille leur semblait jeune et en pleine forme et qu'elle avait toujours adoré ça auparavant. Ils ne voulaient pas la forcer, à quoi bon, eux non plus n'étaient pas si à l'aise avec les cimes qu'ils côtoyaient tous les matins. Ils n'avaient jamais réellement pensé que le garçon aux cheveux sombres était responsable de l'appréhension de leur fille. Comme pour se prémunir contre toute remarque, comme si elle craignait encore son jugement, à l'arrivée à Massat elle avait dépensé plusieurs centaines d'euros dans un coupe-vent de compétition, des chaussures montantes, des bâtons, une montre connectée et un sac résistant, son équipement était complet, un point pour elle.

La première fois qu'elle était partie marcher plusieurs heures, suréquipée et portant une quantité d'eau et de nourriture démesurée, Erin avait craint l'ennui. Pour l'éviter, elle parlait à Tonnerre qui avançait vaillamment devant elle et faisait régulièrement des allers-retours pour la pousser à aller plus vite. Elle vérifiait l'itinéraire toutes les dix minutes, pour être sûre de ne pas se perdre, et à chaque fois qu'elle pensait atteindre le sommet elle se contrôlait, *n'oublie pas qu'il y a toujours un pré-sommet, une montée en cache une autre*. Arrivée en haut du pic d'Estibat, elle s'était sentie heureuse, submergée par la vue sur les Trois Seigneurs et le Valier tout à droite. Comme pressée par un emploi du temps imaginaire, elle ne s'était pas attardée sur le replat où plusieurs personnes pique-niquaient, gardant un œil sur sa montre pour être sûre qu'elle était dans les temps prévus par internet. À la descente, à voix basse, elle s'était félicitée, le sourire aux lèvres.

Après le pic d'Estibat, elle s'était enhardie. Son pas s'était allongé, elle avait retrouvé de vieilles sensations, son cœur ralentissait et elle avait moins besoin de parler. Plus elle accumulait les kilomètres, plus les sommets semblaient l'appeler. Elle regardait la liste des randonnées effectuées s'allonger, mesurait la difficulté qui augmentait, le tout enregistré par sa montre qui était encore mieux qu'elle l'espérait. L'objet satisfaisait ses besoins de contrôle, enregistrant ses moindres mouvements, sa vitesse, les kilomètres parcourus, le dénivelé avalé. Il laissait une trace incontestable, sans aucun sentimentalisme, la montre ne mentait jamais, elle. Erin dévorait les données au retour de chaque randonnée, la montre la rassurait, elle était impartiale. Plus elle randonnait, plus la base de données grandissait, cartographiant ses capacités, *cette randonnée je sais que je peux la faire car elle ressemble à celle d'avant*. Elle s'était aussi vite rendu compte que ça n'était pas vraiment être seule que de gravir des montagnes avec Tonnerre, elle lui tenait lieu de compagne, quelqu'un avec qui manger au sommet, quelqu'un qui la motivait, une raison de ne pas abandonner trop vite et, parfois, un rempart contre la peur.

Quand elle était plus jeune, elle attendait la neige dès le début du mois d'octobre. Bien qu'elle n'ait su leurs noms que des années plus tard, elle scrutait les sommets autour d'elle pour voir la neige arriver par paliers : le mont Buet d'abord, puis le pic de Tenneverge, qui culminait à 2985 mètres. Elle la regardait descendre de plus en plus bas au fil des mois, et savait que lorsqu'elle atteindrait le Môle qui trônait en face de sa fenêtre, la neige ne serait plus très loin de son jardin. Le mont Blanc et le triangle de l'aiguille Verte la rassuraient, la neige y était constante. Lorsque les flocons débarquaient enfin et qu'ils commençaient à tenir, Erin aimait s'allonger sur le sol et sentir le froid moelleux se répandre dans son corps. Quand elle était partie de chez elle et ne rentrait plus que quelques jours pour Noël, elle loupait systématiquement la neige, qui arrivait début décembre pour ensuite fondre et ne revenir que début février. Elle savait que c'était sans importance mais ça lui donnait un coup au moral à chaque photo reçue de ses parents qui montrait la maison entourée de blanc, les flocons qui s'étaient déposés sur la table du jardin, la glycine qui ployait sous leur poids. À Paris, la neige était rare et ne la rendait heureuse que les dix premières minutes. La fine couche neigeuse du boulevard Magenta était ensuite vite gâchée, elle se transformait en gadoue détrempée dès huit heures du matin. Erin pensait alors avec dépit au vélo qui allait déraper et à la ville qui devenait électrique de rage de devoir ralentir son rythme. Au milieu des odeurs de pollution urbaine, Erin s'était vite rendu compte qu'on ne pouvait pas *sentir* la neige arriver. Ailleurs, l'air s'imprégnait la veille d'une odeur glacée si particulière qu'il était impossible à Erin de la décrire précisément à ceux et celles qui ne l'avaient jamais sentie. Hier, à Massat, elle a senti ce froid annonciateur et s'est mise à espérer.

Quand elle se réveille ce matin et qu'elle ouvre les volets, la neige lui saute aux yeux. Tout est recouvert d'un manteau blanc, des dizaines de centimètres immaculés s'amassent autour de la maison sans que personne n'ait encore posé un pied ou une patte dehors. Erin a envie de sortir le plus vite possible, elle veut être la première à marquer le tapis, elle veut retrouver cette joie régressive de laisser les premières traces sur la neige, ce sentiment qui l'a transportée pendant toute son enfance.

Après avoir préparé son petit déjeuner avec le sourire, Erin ouvre la porte à Tonnerre et sort la carte. Ellc relit son intitulé, *2047ET – Massat/Pic des Trois Seigneurs/PNR des Pyrénées ariégeoises* et passe un doigt sur les plis déjà un peu abîmés à force de l'ouvrir et de mal la replier. Elle la lit comme un dictionnaire, une encyclopédie de ce qui l'entoure, en mémorisant tout ce qu'elle aimerait faire. Elle lit et relit le dénivelé, la forme de la pente. Elle évalue de quoi elle serait capable, encore incertaine de ses capacités.

Son thé est déjà froid depuis un bon moment quand elle se décide pour l'itinéraire du jour. La neige au sol ne devrait pas la ralentir tant que ça, il n'y a que quelques centimètres pour le moment. Le point de départ n'est pas loin de chez elle, à deux kilomètres, et la trace GPS lui fera faire l'aller-retour jusqu'au pic de Balmiou. Elle prépare son sac lentement mais avec des gestes sûrs, les deux couches (une chaude et une imperméable), l'eau, le pique-nique pour elle et la chienne, et glisse la montre à son poignet.

Une fois dehors, elle ajuste les vieilles guêtres qui la protègent de l'humidité et elle démarre en contournant la maison, pour remonter le sentier qui part derrière, vers la forêt. Tonnerre la précède en trottinant dans la neige, se retournant régulièrement pour vérifier qu'Erin n'est pas trop loin. Elle avance en transpirant, le chemin est vierge de toute trace mais elle sait où elle va. Elle sait qu'il serpente dans la forêt au début, puis la pente s'accentue et il débouche sur une clairière qui permet d'apercevoir l'autre côté de la vallée. Ensuite, le col n'est plus très haut, Erin devrait l'atteindre en moins de deux heures. La neige est fraîche, crisse sous ses pas mais les guêtres et les chaussures montantes gardent ses pieds au sec. Elle a rapidement enlevé son pull et avance tranquillement en teeshirt, l'air gelé rafraîchissant la sueur qui lui trempe le dos. Elle observe les pentes autour d'elle, vierges de toute infrastructure. Sans trop savoir pourquoi, elle est satisfaite de voir qu'ici le ski n'a rien déformé, et qu'aucune foule ne vient remplir des restaurants d'altitude bondés. Erin a pourtant de bons souvenirs de ces moments-là, du jour où elle avait eu le droit de prendre du borsch chaud comme les adultes à la place des frites habituelles, de la démarche de guingois due aux grosses chaussures de ski rigides, des paysages enneigés à perte de vue, de son père, en blouson en cuir et jean usé au milieu des dizaines de combinaisons fluo et chères, lui apprenant avec douceur et patience les rudiments du sport. En y réfléchissant bien, Erin n'avait jamais eu peur à ski. Quand il avait fallu skier seule et non plus entre les jambes de son père, c'était lui qui avait eu le plus de mal à la lâcher. Elle, elle n'était jamais effrayée par l'idée de la chute ou de la blessure. Elle parlait à la montagne du haut de ses huit ans, elle lui demandait d'être clémente. Elle agrippait la perche qu'on lui tendait au téléski et à chaque virage elle murmurait *ne me mets pas par terre, ne me soulève pas trop fort, laisse-moi monter tout en haut*. À chaque arrivée entière, elle disait merci tout bas, sans que personne s'en aperçoive. Le soir elle parlait aux choucas qui se reposaient sur le balcon gelé. Elle collait son front sur la vitre pour sentir le froid et leur demandait si la journée s'était bien passée, si les graines mises par sa mère sur le balcon étaient à leur goût. En s'endormant, elle faisait une prière pour croiser un loup le lendemain, ou à défaut, un chamois, même un chamois je serais contente je le jure.

Erin essaie de se rappeler à quel moment elle a cessé de considérer la montagne comme une alliée. Ça dépasse le problème du ski, des gens qui montaient en masse dans les grosses installations qui finissaient par ressembler au métro parisien. Certes, à un moment elle a arrêté d'admirer les crêtes autour d'elle pour ne plus voir que les bandes de terre qui surgissaient sur les pistes, aux endroits où la neige avait disparu à force d'être érodée par les milliers de skieurs journaliers. Mais, surtout, elle avait commencé à craindre les sommets.

Elle est interrompue dans ses pensées par une sensation humide sur ses joues. Alors qu'elle grimpe sur le flanc de la montagne, là où il n'y a plus d'arbre pour la protéger, la neige recommence à tomber. Elle s'arrête pour enfiler son kway, laisse sa polaire dans le sac au cas où. Elle regarde son téléphone pour voir les prévisions mais elle ne capte pas à cet endroit. Elle hésite, demande à Tonnerre ce qu'elle en pense et décide de continuer. Au fur et à mesure qu'elle avance, la neige s'accentue. Elle sent les flocons sur son visage et sur ses mains. Elle s'arrête à nouveau pour mettre ses gants, se retourne, puis se fige. C'est comme si elle n'avait jamais existé, comme si elle n'était jamais passée par là, la neige a recouvert toutes ses traces. Furtivement, elle ne peut s'empêcher de se demander, *est-ce que devenir invisible, c'est une technique de survie ? Est-ce qu'on reste en vie en dissimulant les traces que l'on porte en nous et qui pourraient se voir, qui pourraient nous différencier des autres ?*

La tempête se fait de plus en plus forte, il faut faire demi-tour, elle le sait. Elle a froid, ses vêtements sont humides de transpiration. Elle aurait dû vérifier la météo, merde elle n'y a pas pensé, elle voulait sortir à tout prix. *Comment j'ai pu faire cette erreur, putain.* Elle rappelle Tonnerre, la met en laisse pour éviter qu'elle se perde, et enfile sa polaire sous son kway. Elle tremble en tentant de rebrousser chemin mais elle n'est pas sûre que ça soit à cause du froid. Ses mains picotent, ses jambes sont lourdes, elle a du mal à respirer. Erin ne distingue plus grand-chose, son ventre se noue, elle sent les larmes couler, la panique monter. Surtout, ne pas la laisser prendre le dessus. Elle n'a pas froid, elle est faite pour ces conditions. Elle a juste oublié qu'elle était capable de s'en sortir. Elle sait le jour blanc, elle sait la neige qui aplatit tout, qui efface les reliefs, qui s'engouffre dans tous les orifices, qui vient s'immiscer dans son cou. À onze ans, elle avait été prise dans un jour blanc alors qu'elle skiait et que ses parents l'attendaient en bas, en buvant un vin chaud. Elle était sortie violemment de la piste après un virage et avait déchaussé l'un de ses skis. Elle ne voyait rien et avait retrouvé à tâtons, les tempes battantes, son ski manquant. Elle s'était remise debout et avait fini la piste en chasse-neige, sans jamais rien dire à ses parents.

Erin repense à cette histoire et continue de marcher. Elle tente de calmer l'angoisse, en prenant exemple sur Tonnerre qui n'a pas l'air perturbée par la neige qui tombe de plus en plus fort. *Rien de pire ne peut t'arriver que ce que tu as déjà traversé.* Elle se répète ça, comme un mantra. *Rien de pire que ce à quoi tu as déjà survécu.* En marchant dans la neige, elle pleure en silence, en plissant les yeux pour tenter de distinguer la direction qu'elle doit prendre et soudain, elle réalise qu'elle n'a pas mangé depuis ce matin. Le sucre qui s'en va ramène la mauvaise humeur et la panique, il faut qu'elle avale quelque chose, même sous la neige. Elle s'arrête pour fouiller ses poches, sort une barre de céréales au chocolat et la dévore en tremblant. Elle ne peut pas être perdue, le chemin n'est pas si sinueux et, en réfléchissant bien, il n'y a pas de barre rocheuse trop près, elle ne risque pas de tomber. *C'est juste de la neige,* elle se répète, *il n'y a aucun danger*. Elle trébuche en voulant aller trop vite mais elle sent la panique retomber au fur et à mesure que le chocolat fait effet. Elle se dit qu'au pire, elle doit juste descendre, descendre jusqu'au bois et elle trouvera une route à défaut de sa maison. Elle a soudain l'impression de distinguer des formes foncées au loin. Elle croise les doigts pour que ça soit la forêt et continue d'avancer en parlant à Tonnerre à voix haute, pour se rassurer. Au bout de quelques minutes, elle en est sûre, c'est bien la forêt qu'elle aperçoit. Depuis le bois, la maison n'est pas loin, elle le sait. Elle a envie de courir, elle se retient. Quand elle arrive sous les arbres, elle se concentre, le chemin n'est plus vraiment visible. Elle avance précautionneusement, le sol est davantage encombré, la neige cache les racines et les branches cassées, mais elle s'enfonce moins. Au détour d'un virage, elle aperçoit enfin le balisage jaune qui marque le sentier et elle sent qu'elle pourrait pleurer de soulagement. Il faut qu'elle le suive, tranquillement, sans paniquer. Quand elle arrive à l'intersection marquée par des panneaux de randonnée, celle qui marque le début de la boucle, elle respire enfin. Elle a réussi. Elle ne s'est pas perdue, elle n'a pas fait d'erreur. Elle est chez elle.

6

Tonnerre regarde la table de la cuisine avec attention. Elle fixe Erin encore éprouvée par la tempête, coupant de l'ail et un oignon en silence. La chienne a l'air de se demander si ça vaut la peine d'attendre, si quelque chose va tomber de la table sur le sol. D'habitude, Erin lui parle mais ce soir elle sent son diaphragme se bloquer, ses dents se serrer et elle n'arrive pas à articuler quoi que ce soit. Elle sent comme une main, sa main, qui enserre sa nuque, ce geste qu'il faisait toujours quand ils étaient dehors, quand il y avait du monde, il serrait pour dire qu'elle lui appartenait et elle courbait l'échine. Elle lui avait demandé une fois d'arrêter, il avait rétorqué que c'était un geste d'amour et il avait continué à serrer toujours plus fort, pour la faire ployer.

Le poids sur sa poitrine lui est familier. Quand il devient trop oppressant, elle essaie de respirer, en pensant à la bulle qui monte et qui descend dans l'application sur son téléphone mais c'est trop tard, l'angoisse explose. À la différence de l'angoisse diffuse de la journée, les crises de panique lui semblent impossibles à maîtriser. Elle a toujours trouvé difficile de décrire des crises d'angoisse à ceux qui n'en ont jamais fait, le cœur qui s'affole, les picotements au bout des doigts, l'envie de vomir. Elle avait essayé de mettre des mots pour raconter à une amie, en disant que pendant ces crises elle avait l'impression que toutes ses pensées étaient distordues, comme fondues. Mais celle-ci, comme beaucoup d'autres, avait secoué la tête, en lui disant que sa vie n'était pas si catastrophique, qu'il n'y avait pas de raison d'être aussi stressée, qu'il fallait voir *le bon côté des choses*. Elle savait que son angoisse épuisait ses proches, mais elle l'épuisait, elle, bien plus encore.

Pendant les crises, elle a l'impression de voir la réalité se brouiller et elle a beau tenter de s'agripper à ce qu'elle sait être vrai, elle n'y arrive pas. L'angoisse la rend parano, elle tremble de toutes ces pensées malfaisantes, de ce cerveau paniqué qui tente de la convaincre qu'un danger est imminent, de sa gorge fermée qui ne laisse plus rien passer. Une crise d'angoisse dure en moyenne vingt minutes, c'est ce qu'elle se répète, il faut tenir vingt minutes, pas plus. Mais ce soir, rien ne calme sa tête. Elle s'effondre en larmes et glisse par terre sur le carrelage. Elle n'en peut plus, elle n'est pas sûre de pouvoir survivre à tout ça. Survivre au brouillard continu qui recouvre sa vie quotidienne, au sentiment de devoir toujours tout planifier sans savoir ce qui va déclencher un drame ou passer sans éclat. Elle est épuisée à l'idée qu'il reste encore tant d'années à vivre, à ne pas baisser les yeux, à se battre pour rester vivante, souriante, divertissante, pour rester aimée et aimante. Le sentiment de solitude qui l'habite lui semble permanent et les moments de joie trop fugaces pour en valoir la peine. Quand l'angoisse passera, elle trouvera ça probablement ridicule, disproportionné, mais pour le moment elle n'y croit plus.

Tonnerre vient interrompre son flot de pensées en appuyant son corps contre les tibias d'Erin. Elle saute sur ses genoux pour lui lécher le visage à coups de langue vigoureux qui pourraient passer pour un moyen de la consoler mais qui signifient probablement qu'elle veut sortir. Erin se secoue, sourit, la fait descendre par terre et se lève, la nausée au bord des lèvres et les mains engourdies. Elle va ouvrir la porte de la maison et sort sur le pas pour s'allumer une cigarette.

Les cigarettes se font rares depuis qu'elle est ici, elle tente d'arrêter depuis quelques semaines. L'odeur ne lui fait plus envie et elle n'a plus besoin de ce prétexte pour sortir prendre l'air. Mais l'angoisse rend l'envie de tabac incontrôlable et elle se dit qu'il faut choisir ses combats. Alors que la nicotine commence à l'apaiser, elle regarde la chienne s'ébrouer, aller renifler tous les recoins de la parcelle pour choisir l'endroit où elle pissera consciencieusement. Son regard s'attarde sur le grand pin qui prend tout l'angle droit du jardin, ployant sous la neige. Erin sent qu'elle est observée mais n'arrive pas à savoir par qui. Son cœur se remet à battre un peu plus vite, les vestiges de l'angoisse ne sont pas très loin. À force de scruter, elle parvient à identifier le voyeur : c'est le chat noir perché sur les branches les plus basses qui la regarde avec ses yeux jaunes. Il s'approche de plus en plus désormais, et reste plus longtemps. Il l'observe sans fuir quand elle sort sur les marches, tant que la chienne reste loin. En le regardant de plus près, Erin réalise à quel point il est maigre, trop maigre pour être nourri tous les jours et avoir une maison chauffée qui l'attend.

Un soir, elle l'avait trouvé devant sa fenêtre, attiré par l'odeur de la nourriture qui mijotait. Le chat s'était approché lentement, méfiant. Elle avait eu l'impression qu'elle progressait. Erin avait sorti une assiette que le chat avait d'abord scrutée en gardant ses distances, longtemps. Il s'était ensuite rapproché et s'était mis à dévorer son contenu. Pour ne rien gaspiller, il avait léché les bords et, lorsqu'il avait eu la certitude qu'il avait tout mangé, il s'était écarté plus loin, peu rassuré. À force de patience et d'appels, elle l'avait convaincu de revenir et lui avait même caressé le dos quelques secondes avant qu'il détale.

Erin se rappelle soudain qu'elle a justement acheté quelque chose pour lui au supermarché. Elle s'engouffre dans la maison et en ressort avec une petite assiette pleine de pâtée et un bol d'eau. Elle s'approche du grand pin, sans presser le pas, et dépose délicatement l'assiette et le bol au pied de celui-ci. Le chat l'observe et attend qu'elle recule de quelques mètres pour descendre. Quand Erin referme la porte derrière elle, elle voit par la fenêtre le chat renifler la pâtée, la dévorer en quelques secondes, et s'installer ensuite au bord des marches, repu.

7

En regardant la pente qui s'étend devant elle, Erin se demande si elle va pouvoir continuer la randonnée sans raquettes, juste avec ses chaussures montantes. Elle observe le manteau blanc irrégulier, les traces de pas qui le constellent. Elle n'a pas l'impression que la neige soit si épaisse, quelques centimètres tout au plus. Il n'a pas neigé ni plu depuis un moment et Erin se dit qu'au pire elle rebroussera chemin. *Il faut laisser l'égo à la porte de la montagne*, on lui a toujours répété ça et c'est le conseil qu'elle réussit le mieux à suivre jusqu'à présent. Elle est contente d'être sortie, d'avoir réussi à se secouer et d'avoir pris la voiture jusqu'au port de Lers.

Depuis qu'elle vit dans la maison, tout n'est pas linéaire. Certains jours, elle se réveille et ne se tire du lit qu'à l'idée que Tonnerre doit sortir sous peine de souiller la cuisine. Il y a des jours où le vide ambiant l'angoisse, comme si l'impossibilité de le remplir rendait sa vie insupportable. La veille, elle a à peine mis le nez dehors, se demandant ce qu'elle foutait là, se maudissant d'être partie seule à l'autre bout de la France. Son téléphone reste silencieux. Elle a décliné quelques invitations au mois de décembre en expliquant qu'elle était loin, et depuis elle se sent comme rayée de la liste. Elle n'a que très peu de nouvelles des gens restés à Paris, des likes sur les photos qu'elle poste et de temps en temps un commentaire de ses amis pour lui dire « profite ; -) ».

Elle se dit amèrement que dès le moment où elle n'a plus été dans leur champ de vision, elle a disparu de leur vie. Même si elle se répète qu'elle vaut mieux que ça, qu'elle est très bien là où elle est, que c'est elle qui a choisi de partir, le constat la rend mélancolique. Ces jours-là, elle se borne à ouvrir la porte pour Tonnerre, à la surveiller du coin de l'œil depuis le salon et à se lever pour la faire rentrer au bout de deux heures. Elle pense à sa mère, qui l'exhortait à sortir une fois par jour quand elle était enfant, *est-ce que t'es sortie aujourd'hui ?* elle lui criait depuis la cuisine en la traitant de menteuse quand Erin répondait oui. Elle y pense et elle résiste, *qu'est-ce que tu vas faire maintenant maman, avec une fille qui sort même pas dix minutes alors qu'elle vit en pleine nature.* Netflix tourne en boucle sur des séries qu'elle suit à moitié, elle regarde Instagram en même temps et tout le monde semble avoir une vie meilleure que la sienne, une vie remplie, une vie aimée.

Ce matin, elle s'était réveillée avec plus de douceur envers elle-même et elle avait décidé qu'il fallait qu'elle sorte coûte que coûte pour aller voir l'étang d'Arbu dont la boulangère lui parlait à chaque fois qu'elle venait chercher ses baguettes.

Ça fait pile trois mois que je suis là, se dit Erin tandis que le soleil illumine abondamment le versant qui la mène à l'étang. Tonnerre avance loin devant elle, tournant la tête de temps en temps pour lui dire d'accélérer. *Ça va ça va, j'arrive.* La neige est tassée et se fait rare sur le sentier, à force d'avoir été foulée par les promeneurs, un motif brun et blanc qui s'étire jusqu'en haut. Ses chaussures tiennent bien et Erin entrevoit la possibilité d'arriver à monter à l'étang sans raquettes, six-cents mètres de dénivelé plus haut. Elle est en teeshirt, transpirante, et croise quelques randonneurs emmitouflés qui la saluent, étonnés. Son corps n'a jamais su réguler la chaleur et en produit une quantité démesurée. Elle n'a que rarement froid, ça c'est pratique, mais c'est comme s'il lui manquait un régulateur interne, ce qui fait qu'elle sue à grosses gouttes dès qu'elle fait un effort, malgré des températures proches de zéro.

Et même si sa pratique sportive est désormais régulière, la montée qu'elle entreprend aujourd'hui entre définitivement dans la catégorie des efforts soutenus.

Elle s'arrête pour reprendre son souffle, déballe une barre de céréales et observe les alentours en grignotant. Autour du sentier, le blanc a quasiment tout recouvert, mis à part quelques morceaux de roche clairsemés. Erin s'approche du côté droit du chemin pour regarder les traces qui le traversent, on dirait un isard ou un chevreuil, elle n'arrive pas encore à faire la différence. Elle regrette de ne pas avoir pris les jumelles, puis se rappelle qu'en hiver, elle n'a jamais vu autre chose qu'un choucas occasionnel s'envoler. En reprenant le chemin, elle pense à tous les animaux qui peuplent le territoire enneigé mais qu'elle ne voit jamais, à la difficulté de se nourrir, aux marmottes blotties au chaud dans leur terrier, qu'on allait chasser jadis avec un pic enfoncé dans les galeries de terre alors qu'elles étaient profondément endormies. On l'oublie à cause de l'aménagement des stations de ski, mais la montagne est un territoire plutôt hostile l'hiver. C'est peut-être ce qu'elle préfère d'ailleurs, que la montagne n'appartienne à personne et se laisse parcourir jusqu'à ce qu'elle en ait marre. Les hauteurs restent impossibles à sécuriser parfaitement et même si on peste contre les touristes et les téméraires qui partent en randonnée mal équipés, sans vivres, ignorants ou orgueilleux, dans l'ensemble on parle aussi beaucoup des accidents de montagne comme d'une fatalité. Ça arrive, quelqu'un dévisse, glisse, se prend une pierre et ça n'est la faute de personne.

*

Elle se demande ce qu'elle était allée chercher chez lui. Qu'est-ce qui l'avait attirée, qui avait fait qu'elle était restée si longtemps. Quel vide avait-il rempli, qu'est-ce qui avait fait qu'elle n'avait pas réagi aux premiers signaux, comme si l'inconfort était sa langue maternelle ? Elle avait toléré la sensation de n'être jamais totalement détendue, n'avait pas fait confiance à son intuition, considérant que c'était le prix à payer pour être aimée. Elle ne s'était pas trouvée digne d'être préservée. Elle s'était jetée à bras-le-corps dans ce discours, oui la vie était trop risquée, oui il fallait sécuriser son environnement, être protégée, oui elle ne savait pas le faire, il avait raison. Il l'avait attirée en lui promettant une vie sans risque, une vie éthérée. Les samedis matin de vacances à la mer, ils se levaient tôt pour qu'il aille surfer et elle le regardait pendant des heures, avec un livre, essayer aurait été trop dangereux, il le lui avait répété. Elle a rêvé de lui cette nuit, elle se tenait droite, Tonnerre entre eux deux. Elle ne tremblait pas, elle lui disait qu'elle avait été blessée, meurtrie, que rien ne pourrait rattraper ces années volées et il s'était excusé.

*

Erin secoue la tête. Elle ne veut pas penser à lui, pas ici, pas en arrivant devant l'étang presque entièrement gelé. La vue est encore plus belle qu'elle l'avait imaginé. Le soleil vient briser le silence, en faisant fondre la glace qui recouvre l'eau. Le craquement des morceaux qui se détachent provoque des bruits sourds. Après avoir reniflé les alentours, Tonnerre s'est déjà étendue sur un rocher chauffé par les rayons de midi et Erin s'y affale en soupirant d'aise, au sec. Elle déballe le gras de jambon et les croquettes pour la chienne, la banane, le pain et la tapenade pour elle, et enfile un pull. Elle sort une bougie qu'elle plante dans sa tartine, et l'allume tant bien que mal en s'abritant du vent.

– J'ai trente ans aujourd'hui Tonnerre. Trente ans. Tu te rends compte ?

Elle souffle sa bougie et souffle la fin de sa vingtaine, elle dit au revoir à ces années, *bon débarras, que le reste de ma vie commence enfin*. Elle est seule face aux reliefs, heureuse.

Peut-être que le bonheur n'a pas besoin d'être systématiquement partagé. Peut-être qu'elle est finalement assez solide pour s'appuyer sur elle-même. Erin sait qu'elle a toujours aimé ses anniversaires à travers les autres, elle aimait l'attention qu'elle recevait, c'était un jour où les gens pensaient à elle. Le fêter seule lui avait toujours semblé être la pire des punitions, ce qui arrivait aux filles qui refusaient les compromis. Elle avait appréhendé de le fêter en tête-à-tête avec Tonnerre mais en définitive c'est bien, paisible. Loin des amis, des verres le soir, du cinéma l'après-midi, loin de ses collègues, des passants, de l'agitation quotidienne, elle se sent moins isolée. Elle tient davantage sur ses jambes. C'est encore fragile et le sentiment est nouveau, mais elle envisage qu'elle pourrait être sa propre bouée de sauvetage, son propre enracinement dans la vie. Elle a le pressentiment que ça ne va pas durer, elle connaît trop bien les hauts et les bas qui composent sa santé mentale, mais elle apprécie ce moment, même furtif, où elle imagine qu'elle pourrait aller mieux pour elle-même, loin du regard des autres. Elle pensait qu'être constamment entourée lui éviterait de sombrer, en multipliant les béquilles, en comptant sur sa capacité à garder la face, à refuser de craquer devant les autres. Elle occupait tout son temps libre, évitait les moindres moments de solitude, quitte à sortir dans des endroits qu'elle détestait, avec des gens qu'elle n'aimait pas tant que ça. Elle était la fille toujours disponible en cas de pépin, l'oreille à l'écoute dès qu'il y avait un problème, elle disait oui à trois soirées le même soir, s'éclipsant de l'une pour aller à l'autre sans que personne ne remarque son absence. Elle s'était épuisée en faisant ça, elle n'avait plus rien à donner, et surtout plus de place à l'intérieur pour réussir à tout garder enfermé. Depuis qu'elle est à Massat, elle se demande si elle va vraiment craquer, tout cracher, ou si les souvenirs vont finir par disparaître complètement, sans bruit.

*

À certains endroits, la neige a l'air plus fraîche, comme une couche par-dessus une autre plus bleutée, plus ancienne. En mâchant sa tartine d'anniversaire, Erin essaie de se rappeler les conditions qui rendent les avalanches possibles. Il lui semble que le redoux est un facteur, mais elle n'en est pas certaine, encore quelque chose qu'elle a complètement oublié. Elle sait qu'elle peut redescendre en faisant une boucle, alors une fois le pique-nique remballé, elle s'avance le long de l'étang pour atteindre une combe enneigée qui ne lui dit rien qui vaille. Elle hésite, se demande si elle est trop peureuse, mais la descente n'a vraiment pas l'air aisée. C'est comme un grondement qui retentit soudain. Une petite plaque de neige vient de se détacher et dévaler la pente, à quelques mètres d'elle et de Tonnerre, qui se réfugie dans son dos. Elle avait complètement oublié le bruit d'une avalanche, la puissance sourde d'un avertissement. Elle frissonne et décide de rebrousser chemin. Sur le chemin du retour, sans trop savoir pourquoi, elle pense à son ancienne voisine, Aria. Elle pense à ses manières brusques, à ses cheveux courts qu'elle ébouriffe sans s'en rendre compte. Erin se rappelle le moment où Aria lui avait parlé des filles avec qui elle sortait. Elle avait eu du mal à respirer, et s'était reprise immédiatement avant qu'Aria ne puisse s'apercevoir de quoi que ce soit. Elle ne lui avait pas dit qu'elle avait rendu l'appartement, ni où elle partait. Pourtant, au moment de son départ, Aria commençait à faire partie de son quotidien. Sa voisine était tombée sous le charme de Tonnerre encore bébé et Erin était moins sur ses gardes quand il s'agissait de parler de sa chienne. Elle lui avait parlé de son envie de nature, d'aventure, des livres qu'elle lisait le soir avant de dormir, remplis de femmes qui partaient seules, qui marchaient sans crainte. Elle lui avait décrit son amour pour la montagne et ses grands prédateurs, mais elle n'avait jamais réussi à lui parler de son projet de départ. Elle aurait sans doute été obligée de lui en expliquer les raisons et elle n'avait pas envie, pas maintenant, elle voulait qu'Aria continue à la regarder comme elle le faisait. En déménageant, elle lui avait laissé un mot dans sa boîte aux lettres, pour lui dire *merci d'avoir été dans le coin, merci d'avoir insisté, de m'avoir ouvert la porte et d'avoir meublé le silence que je n'arrivais pas à briser* et avait glissé *La Voie cruelle* d'Ella Maillard, *je pars mais en échange je te laisse une aventurière*. Elle avait hésité à écrire je t'embrasse, ça lui semblait trop, trop vite, trop intime. Alors elle avait fini en lui parlant des filles aux yeux sauvages, de la force qu'elle avait sentie en les regardant.

Ce soir, elles lui manquent presque.

8

En sortant pour aller vérifier la boîte aux lettres, Erin remarque que le soleil est haut et tape déjà fort alors que le mois de mars commence à peine. Une mésange consolide son nid dans la cavité d'un des grands pins devant la maison, bientôt il y aura des oisillons qui apprendront à voler. Elle pourrait en profiter pour étendre le linge dehors, pour désencombrer son salon. Il y a un vieux fil tendu derrière la maison et des pinces à linge traînent dans un tiroir près de l'entrée. Elle rassemble le linge humide dans une corbeille en plastique et sort, en cherchant des yeux Tonnerre qui est sortie tout à l'heure et qu'elle a perdu de vue depuis. La chienne se balade désormais partout et disparaît pendant quelques heures la journée. Elle aussi, elle étend son territoire. Un bruit lui fait tourner la tête. C'est le chat noir, qui s'approche précautionneusement d'elle. Erin arrête de respirer, de peur de l'effrayer. Il miaule, se frotte sur ses chevilles et son cœur à elle menace d'exploser. Dès qu'elle se penche il s'écarte, puis revient en miaulant dans ses jambes. Elle finit par poser le bac à linge par terre le plus lentement possible et s'assoit sur les marches. Le chat pose une patte, puis deux sur ses genoux et saute. Il renifle son visage, fait un tour sur ses genoux et finit par se mettre en boule en ronronnant. Erin n'ose plus bouger. Elle le caresse doucement et, comme il ne proteste pas, elle continue. Elle le gratte derrière les oreilles, sous le menton tout en priant pour que Tonnerre n'arrive pas en trombe, risquant de l'effrayer. Les minutes passent, Erin sent son corps se refroidir mais c'est plus fort qu'elle. Elle a l'impression d'avoir été choisie et, face à un chat ronronnant, l'inconfort n'a aucun poids. La position n'est pas très agréable mais elle se concentre sur la chaleur du corps du chat. Elle se demande si elle pourrait le ramener à l'intérieur. Au bout de vingt longues minutes, Erin tente de se déplier tandis que le chat s'accroche à son pantalon le plus longtemps possible. Lorsqu'elle approche ses mains pour le déplacer, il desserre ses griffes et détale derrière le tas de bois. Ça n'est pas encore gagné.

En étendant le linge, les longues heures passées à apprivoiser les chats errants autour de sa maison d'enfance lui reviennent en mémoire. Elle restait immobile à attendre, elle laissait dans la serre de son père de la nourriture volée au dîner et parlait à voix basse aux chats. *Il ne faut pas avoir peur de moi* leur disait-elle, vexée qu'ils ne voient pas qu'elle était inoffensive. Depuis qu'elle est petite, elle essaie de s'entourer du plus grand nombre d'animaux possible. Sa maison était dans un hameau, à l'époque peu construit. À l'entrée du village, il y avait une ferme d'élevage, dans laquelle Erin avait passé la majeure partie de ses après-midis entre sept et dix ans. Elle y allait en solitaire, toujours sur ses gardes pour éviter le fermier qui pourtant la connaissait bien. Elle longeait la clôture, bifurquait à droite pour passer le plus loin possible des fenêtres de la ferme et entrait dans l'étable où elle se sentait enfin en sécurité. Elle passait devant les vaches qu'elle caressait, pour aller se faufiler dans l'enclos des cochons. Il y en avait deux, des fois trois, qu'elle trouvait incroyablement doux et rassurants. Elle passait du temps à leur parler, à les observer. Parfois, quand elle était en colère contre le monde, elle s'asseyait dans le box de l'unique jument de la ferme. Au milieu de la paille, à côté de l'animal imposant qui la reniflait puis continuait à manger son foin, elle sentait la fureur enfantine s'évaporer. Longtemps elle s'était crue invisible, et avait pensé mourir de honte lorsque le fermier avait dit devant elle à ses parents qu'il n'y avait pas de souci, qu'elle pouvait continuer à venir quand elle voulait. Il la voyait donc. Elle avait immédiatement effacé cette information de son cerveau et avait continué à raser les murs avec encore plus d'ardeur. Elle se souvenait encore du jour où elle avait voulu partager cet endroit, qu'elle considérait comme le meilleur terrain de jeu. Elle y avait emmené deux amis de l'école, des gens de la ville, elle voulait les impressionner. Ils avaient trouvé que l'odeur y était insupportable. Pleine d'espoir, elle avait continué à marcher dans le long couloir de l'étable, pour les emmener plus loin, vers les agneaux, les plus mignons. Une brebis avait marché sur le pied d'un des deux garçons, il avait hurlé des insultes en la repoussant, Erin avait été horrifiée. Elle répétait *elle n'a pas fait exprès, c'est pas de sa faute*, et elle les avait fait sortir en trombe de cet endroit, honteuse. Elle avait mis du temps à revenir, elle s'était sentie salie, jugée. Ses parents avaient remarqué son trouble et, pour la rassurer, sa mère lui avait dit qu'elle avait un don avec les animaux, qu'il ne fallait pas le perdre, qu'il fallait le cultiver. Erin était retournée dans l'étable mais elle avait compris en grandissant que le don n'existait pas, qu'il s'agissait simplement de patience. À défaut d'une compétence extraordinaire, elle était juste prête à leur accorder de l'attention, y passer du temps, sans précipiter les choses, comme elle le faisait aujourd'hui avec le chat.

La plus grande interrogation d'Erin sur le monde des animaux sauvages concernait la capacité de sa mère à en voir partout, tout le temps. Erin l'écoutait lui raconter les chevreuils, les marmottes, les rapaces, les lièvres, les renards qu'elle voyait en balade ou au détour d'une route avec une pointe de jalousie. À chaque fois qu'elle se plaignait de ne rien voir, sa mère lui rétorquait *mais tu regardes au moins ?* Depuis qu'elle est ici, elle comprend mieux ce que sa mère voulait dire. Il est plus facile d'apercevoir des marmottes quand on prend le temps de regarder les formes sombres des grandes prairies, de scruter les bosses qui pourraient être des tanières, quand on sait reconnaître leur sifflement d'alerte. Elle voit davantage de chevreuils depuis qu'elle lève les yeux, attentive à chaque bruissement de feuilles, depuis qu'elle scrute, qu'elle prend le temps. Il faut accepter de ne rien voir la plupart du temps, que le craquement d'une branche soit uniquement provoqué par le passage d'un lézard ou d'un merle, accepter que le monde animal ne vienne pas dire bonjour sur commande, qu'il s'enfuie dès qu'elle est trop présente, par instinct de préservation. Il faut accepter d'être transparente et ça, elle sait faire.

Silencieuse dans le jardin depuis un moment, elle entend un bruit tout près d'elle. Une pie s'est approchée pour tenter d'arracher un bout d'écorce à l'arbre en face et Erin distingue à peine le nid qui se construit dans le chêne un peu plus loin. C'est dans cette maison en pierre qu'elle s'est enfin réhabituée à faire attention aux bruits sans stresser, sans sursauter, à associer son ouïe à quelque chose de positif, loin d'une hypervigilance fatigante. Elle est à l'affût, pas pour prévenir un éventuel danger mais pour saisir une promesse cachée parmi les feuilles et les branches : des pies qui racontent leur vie, un pic en train de creuser un arbre, un lézard qui s'enfuit dans les renflements du mur de pierre de la maison, une feuille qui bruisse sous le passage d'une énorme chenille, un renard qui guette les mulots.

La pie s'envole en criant et Erin entend avant même de la voir Tonnerre qui déboule d'un fourré. Elle aurait du mal à décrire l'effet de la chienne dans sa vie, ce que ça a changé pour elle de faire partie du monde de Tonnerre, d'avoir la garantie d'un amour inconditionnel en échange d'une responsabilité quotidienne. La chienne sent sa peur avant même qu'Erin la reconnaisse, elle la devance, elle se met entre elle et le monde pour qu'Erin continue à avancer.

La veille, elle est allée se promener pas très loin de la maison avec Tonnerre. La lumière était rasante sur la terre brune gelée. Elle a compté au loin quatorze rapaces qu'elle ne savait pas reconnaître. Un insecte l'a piquée à l'aine, là où la culotte frotte, et elle a inspecté les dégâts au grand air, personne n'était jamais là de toute façon. Mais pour une fois, elles ont croisé quelqu'un, un promeneur solitaire. Erin s'est rhabillée en vitesse et a senti son corps se tendre à sa vue. Tonnerre a couru vers elle et est restée collée à Erin le temps que le promeneur passe. Elle lui en a été reconnaissante.

9

Quand elle est arrivée à la fin de l'automne, elle utilisait une voiture de location qu'elle avait dû rendre à Foix au bout de deux semaines. Les tarifs si elle voulait prolonger étaient prohibitifs, et elle s'est rapidement mise à chercher une voiture d'occasion pas chère, qui passerait l'hiver. Ça n'a pas été si compliqué, après quelques jours passés à éplucher les petites annonces et à poser la question à la boulangerie de la place de l'Église, elle s'est déniché une vieille Peugeot 308, dans laquelle les poils que Tonnerre perd constamment ne feraient pas tache. Elle a croisé les doigts pour que la voiture tienne les quelques mois qu'elle a prévu de passer ici et, pour le moment, le ciel est de son côté.

Sur la route étroite qu'elle parcourt ce matin, Erin ouvre sa fenêtre et sent que le printemps arrive. Elle conduit un peu vite, un peu brusquement comme toujours, même seule dans l'habitacle de la vieille voiture elle ne peut s'empêcher de prouver qu'elle n'a pas peur. C'est comme ça qu'elle essaie de réapprivoiser la conduite, en cherchant à retrouver les sensations des routes de montagne sur lesquelles elle a passé son permis il y a des années et qui lui paraissent désormais étrangères. Elle a laissé Tonnerre à la maison, elle déteste la savoir dans la voiture pendant qu'elle fait les courses, elle la trouve bien mieux à l'attendre dans la maison sur sa couverture. Le supermarché le plus proche est juste de l'autre côté de Massat, plus bas, elle a fait la route des dizaines de fois et n'est pas très attentive. Sur la route au loin, il y a un cadavre d'animal non identifié, et comme à chaque fois elle évite de regarder, elle n'est pas encore habituée. Elle aperçoit du coin de l'œil une abeille qui remonte le long de la vitre à côté d'elle, à peine sortie de son hivernage. Erin est surprise, c'est la première de l'année, d'ailleurs l'abeille est lente et malhabile, comme pas très réveillée. Elle a un faible pour les abeilles, l'histoire de leur possible extinction l'a marquée et elle a l'impression d'être à chaque fois en présence d'un animal si précieux qu'il faudrait tout faire pour le préserver. Sans réfléchir, elle lâche le volant d'une main pour ouvrir la fenêtre et la faire sortir. En un instant, sans qu'elle comprenne pourquoi, la voiture tressaute, Erin tourne à nouveau son regard vers la route mais il est trop tard, elle a dévié, elle roule dans le fossé, elle tente de redresser, elle y croit, elle va remonter sur la route, son corps est projeté dans tous les sens et puis elle sent la voiture ralentir, et basculer. En silence, elle regarde ses mains qui tremblent, puis autour d'elle. Elle est renversée sur le côté, maintenue par la ceinture, les vitres ont éclaté, des gouttes de sang perlent sur son bras à cause du verre qui y a été projeté. Sa tête va exploser. Prudemment, elle coupe le contact, tente d'ouvrir la portière qui se referme sur elle. Il faudrait que son cerveau fonctionne plus vite, mais elle est comme au milieu de la brume. Elle se répète qu'heureusement Tonnerre n'est pas là et essaie de se concentrer, *il faut appeler l'assurance je crois, ou sortir de la voiture, est-ce que ça peut prendre feu une voiture ?* Dans le doute, elle attrape son sac, défait sa ceinture, et s'extirpe par la fenêtre restée ouverte côté conducteur. Une fois dehors, elle ne peut plus bouger. Une nausée terrible l'envahit, son souffle est coupé. Elle vomit son petit déjeuner au pied de la voiture, sans être capable de s'en éloigner. *Je suis trop conne, je suis trop conne, je suis trop conne.* Elle est obligée de s'asseoir pour ne pas tomber, mais elle n'arrive pas à faire quoi que ce soit. Elle pleure, épuisée, elle voudrait que sa vie soit moins chaotique, que le karma la laisse tranquille, et les sanglots l'empêchent d'entendre la voiture qui s'approche.

– Tout va bien ?

Erin relève la tête, essuie ses larmes le plus rapidement possible, le visage anguleux de la conductrice lui est familier.

– Oui oui, j'ai rien, je dois juste appeler la dépanneuse mais y'a pas de problème.

– Émilie c'est ça ? T'es la petite avec le chien qui loge dans la maison plus haut sur la route du col ?

– Erin, mais pour le reste, c'est ça, corrige Erin en hochant la tête.

Si l'interaction dure trop longtemps elle va se remettre à pleurer, elle se crispe, contracte la gorge et les yeux pour ravaler les larmes.

– Appelle pas ton assurance, ça va te coûter trop cher ensuite en prime. On va voir si on trouve quelqu'un pour te la sortir ta voiture. T'es sûre que ça va ?

Janine a garé sa voiture sur le bas-côté, elle est déjà près d'Erin avec de l'eau, des mouchoirs et examine l'avant-bras qui saigne.

– Faut qu'on t'enlève le verre. Je t'amène au médecin, c'est juste à côté.

– Je dois aller faire les courses, j'ai plus de pain…

– T'es têtue dis donc ! Allez, monte dans la voiture, ça suffit.

Le corps d'Erin est comme anesthésié, elle se redresse, prend son sac, elle se laisse secourir. Assise dans la voiture, elle ne peut contenir les larmes plus longtemps et s'effondre. Elle imagine la 308 foutue, elle craint pour son indépendance dans un village où rien ne peut être fait sans voiture, elle s'en veut d'avoir été stupide, trop confiante.

– Eh dis, ça arrive à tout le monde hein d'avoir un accident ! Et ta voiture, te fais pas trop de bile, on va voir si elle roule encore mais c'est tout à fait possible hein, y'a pas de raison que le fossé l'ait tuée.

Janine ne sait pas tout à fait quoi faire. Elle n'est pas très habituée aux effusions, aux larmes intempestives, aux filles qui semblent sur le point de se briser si on les brusque trop. Elle décide de la laisser pleurer, peut-être qu'elle en a besoin, on ne sait jamais avec les gens.

Janine conduit comme elle parle, plutôt brusquement, avec davantage d'assurance qu'Erin. Emmitouflée dans sa polaire, elle ne comprend pas comment sa voisine peut être en teeshirt à cette époque et secoue la tête. Elle se gare rapidement sur le parking à moitié vide de la maison médicale, enlève sa ceinture et regarde le visage rougi d'Erin.

– Faut pas hésiter à mettre un pull dans la vie hein !

Entre deux reniflements, Erin ne peut pas s'empêcher de rire doucement. Lorsqu'elles passent la porte de la salle d'attente du cabinet médical, il n'y a que trois personnes. Janine explique, l'accident, la voiture qui a tourné, tout le monde a l'air très impressionné, Erin ne comprend pas pourquoi ils ne se moquent pas, elle a honte d'avoir été aussi con, *une putain d'abeille, à qui ça arrive ça bordel*, elle rumine dans sa tête, la Peugeot foutue, Tonnerre qui l'attend, quand le médecin passe la tête dans la salle d'attente pour demander à qui le tour.

– Prenez la petite, elle a eu un accident !

Erin essaie de protester, elle n'a pas grand-chose, ça n'est pas grave, c'est surtout la voiture vous comprenez, mais le médecin la fait entrer dans son cabinet. C'est un médecin patient, d'une cinquantaine d'années. Il lui enlève à la pince les bouts de verre, tout en lui disant qu'elle a dû avoir une grosse frayeur, qu'elle est sous le choc, que c'est normal, c'est impressionnant un accident. Il lui fait un pansement, et lui prescrit des antidouleurs. Après une pause, il remarque qu'Erin tremble encore de tout son corps.

– Ça va ?

– C'est rien, je fais souvent ça, ça va redescendre, c'est juste une crise de panique, répond Erin, la voix étranglée.

Le médecin réfléchit.

– Ça vous arrive souvent ? Vous avez déjà pris quelque chose pour ça ?

Erin secoue la tête.

– Vous connaissez le Xanax ? On vous en a déjà proposé ?

Erin le regarde fixement, en silence.

– Bon, je vous mets de l'alprazolam, vous en prenez si jamais, ça remue un peu un accident, faut pas vous priver, ça sert pas à grand-chose de souffrir pour rien. Il est peu dosé celui-là, vous pouvez en prendre jusqu'à deux à la fois mais un demi devrait suffire. Et on se revoit dans quelques semaines pour faire le point ?

En sortant, Erin est décontenancée, elle serre fort son ordonnance, son bras est désormais à peine douloureux et Janine l'attend sur le parking avec deux baguettes chaudes.

– Viens, je t'ai trouvé un tracteur pour sortir ta voiture.

10

Elle avait arrêté de lui dire non assez vite et ça, elle restait persuadée qu'elle ne le dirait jamais à personne. C'est cet abandon de la lutte qu'elle trouvait insoutenable, qui faisait qu'elle s'était tellement détestée. Elle pourrait dater le moment précis où elle avait lâché prise, elle était épuisée de repousser ses avances, de trouver des excuses qui ne marchaient jamais. Le calcul s'était fait quasiment tout seul et elle avait arrêté d'argumenter. Elle ne s'était pas dit que c'était justement un problème, de devoir argumenter le désir. Elle le laissait faire, attendant patiemment que ça passe, elle se donnait de la peine pour que ça ne traîne pas trop, elle était bonne élève et apprenait vite. Elle se créait un monde ailleurs, une échappatoire, et elle s'était convaincue que tout était normal, que rien de grave n'était en train de se dérouler, d'ailleurs, c'était elle qui avait *décidé* qu'elle ne dirait plus non, c'était elle qui avait fait le *choix* de ne plus s'opposer.

Au fil des années, son corps avait développé une sorte de somnolence quand il s'approchait de trop près, comme s'il se mettait en veille, et le réflexe était resté après la rupture. La dernière personne avec qui elle avait eu une histoire s'était arrêtée un soir en plein milieu d'une étreinte en lui disant *t'as disparu Erin, je savais plus où tu étais*, et Erin n'avait pas de souvenir des cinq minutes précédentes, effacées ou enfouies, elle ne faisait pas la différence. Son corps avait continué machinalement, il ne s'était pas glacé mais son esprit était parti loin, comme il en avait l'habitude. Le cerveau peut imaginer beaucoup de choses quand il s'agit de survivre.

*

Elle repense à ça, immobile, son dos appuyé contre le mur en pierre de la maison, en contemplant la vue dont elle ne se lasse toujours pas. Elle caresse mécaniquement le chat noir qui se laisse désormais approcher, les friandises quotidiennes l'ayant apprivoisé avec succès. Erin l'a surnommé Idéfix, sans qu'il ait eu l'air de protester. Son chien a le nom d'un poney, elle peut bien donner un nom de chien au chat. Le bras d'Erin est encore un peu sensible et elle repense au médecin, à la boîte de Xanax qu'elle est allée chercher à la pharmacie. Ça n'est pas la première fois qu'un médecin lui en propose. Elle a toujours refusé d'en prendre, elle jette les ordonnances à la poubelle à chaque fois, ou les laisse traîner sur son bureau jusqu'à ce qu'elles disparaissent sous un tas d'autres papiers. Elle se méfie de l'effet des médicaments sur son corps, elle a entendu tout ce qu'on raconte, que c'est *addictif*, *dangereux*, qu'il faut *résister*, ne pas *céder à la facilité*, sans qu'elle comprenne vraiment où se trouve cette fameuse facilité. Elle n'ose jamais poser de question dans le cabinet, prenant la prescription d'un air méfiant, soupçonnant toujours qu'on veuille se débarrasser d'elle. Elle refuse de renoncer à sentir tout ce qui la traverse, elle pense inconsciemment que, si l'angoisse disparaît, alors il n'y aura plus de trace de ce qui s'est passé et elle ne pourra plus savoir si c'est bien elle qui a tout vécu ou si elle a tout imaginé. Elle s'accroche à l'angoisse comme unique preuve de la tornade qu'a provoqué son passage dans sa vie. Mais depuis l'accident elle se dit que pourquoi pas, que ça pourrait ne pas être si mal de parvenir à calmer l'angoisse de manière certaine, de ne plus avoir à subir, à souffrir.

*

Idéfix ronronne désormais sous la main d'Erin, profitant que Tonnerre fasse la sieste quelque part au soleil, hors de sa vue. Il se tourne sur le dos pour qu'Erin lui gratte le ventre et elle remarque qu'il a enfin grossi.

Les larmes pointent au coin de ses yeux, hésitant à jaillir. Erin est tiraillée entre la peur de sombrer et l'envie de les convoquer une bonne fois pour toutes, qu'elles sortent de son système. Quand ils avaient commencé à sortir ensemble, Erin était déjà un peu ébréchée, elle le sait. À l'adolescence, d'autres garçons étaient passés par là, mais elle n'en avait jamais parlé à qui que ce soit. Elle avait compris très jeune que son corps ne lui appartenait pas tout à fait et, comme un prédateur, il avait senti le sang, il avait senti les mille coupures qui l'affaiblissaient déjà et il en avait profité. À l'intérieur d'Erin, il y avait comme un précipice, un gigantesque vide qu'il fallait remplir, combler, et elle était sûre qu'il l'avait su dès le départ. Plus elle pense à ça, plus elle enrage d'avoir gâché des années, rage d'être encore vacillante, de passer tant de temps et d'énergie à tenir, à rester debout. Mais surtout, elle se demande pourquoi ici, maintenant, au milieu des bois et sans témoin, elle contracte encore tant les coins de ses yeux pour ne pas pleurer. Pourquoi certains soirs, seule dans sa chambre, elle pleure en ouvrant la bouche silencieusement, comme si sortait d'elle un cri sans son, en serrant les poings pour contenir quelque chose qu'elle n'arrive pas à identifier. Comme si elle avait peur que ça soit le début de la fin, le début d'un grand déversement. Elle refuse de voir ça comme une purge, une nécessité, et à force de tout retenir son corps devient lourd, gauche et trop rempli. Est-ce qu'elle est partie à l'autre bout de la France pour échapper à quelque chose ou pour préserver les autres, effrayée par l'explosion qui lui semblait imminente ? De qui avait-elle envie de s'éloigner ?

De lui ou des autres ? Elle a souvent fantasmé le départ, n'a jamais vu dans la fuite une lâcheté spécifique, mais plutôt un moyen de survie, de défense. Partir pour mieux revenir, ou tout simplement partir pour reprendre à zéro, oublier les erreurs, comme si la fuite pouvait annuler les mauvaises rencontres, comme si l'échappée pouvait effacer les souvenirs. L'idée de débarquer dans un lieu inconnu et de choisir qui elle avait envie d'être lui était vertigineuse. À Paris, en s'endormant à ses côtés le soir, elle s'imaginait ailleurs. Sans lui. Le fantasme de pouvoir un jour disparaître l'avait fait tenir debout. *Si ça va trop mal, je pars, je pars loin, à l'autre bout de la planète, là où personne ne me connaît, et je recommence* sans trop savoir ce qu'elle recommencerait, sans savoir quelles parties de sa vie elle garderait et quelles parties elle effacerait et reprendrait à zéro, mais l'angoisse se calmait, le souffle ralentissait, son pouls redescendait. Elle trouvait que fuir demandait moins d'énergie que se battre.

Désormais elle doute : est-ce qu'on fuit pour éviter de souffrir ou pour se raccommoder en silence sans troubler personne ? Elle se demande si elle est partie parce qu'elle a honte d'avoir été endommagée, ou pour pouvoir enfin lâcher, enfin regarder dans les yeux cette tristesse qu'elle accueille comme une vieille amie, une couverture rassurante qui la borde les soirs où le monde semble trop glacial. Pour enfin faire l'inventaire des dégâts à la lumière crue des Pyrénées et comprendre comment tout ça pourrait être réparé. À Paris, elle avait eu peur de ne plus savoir être autrement, comme si l'endroit à l'intérieur d'elle-même qui semblait foutu pour toujours était finalement devenu un endroit familier auquel elle s'accrochait, comme si la douleur empêchait l'oubli, comme si aller mieux signifiait trahir celle qu'elle avait été, signifiait que rien de ce qu'elle avait traversé n'était grave. Le mal-être était l'unique preuve visible qu'elle pouvait présenter aux autres, *voyez comme il m'a abîmée, voyez comme je n'ai pas menti*. En fuyant, elle n'avait plus personne à qui présenter de preuves sinon elle-même. Ce matin, elle a fini un roman de Jean Hegland et elle repense à une phrase qu'elle a notée. L'une des deux héroïnes, voyant ses brûlures aux mains cicatriser, est désemparée. Hegland écrit, *guérir était une défaite.* Ça a marqué Erin. Est-ce que c'est vrai ? Est-ce qu'elle s'empêche de guérir, comme une condamnation à perpétuité ?

*

Idéfix se lève, s'étire et miaule en regardant fixement Erin.

– Ça va, ça va, je vais te chercher à manger.

Un chat gourmand est finalement un très bon moyen de se sortir de ses pensées. Et ici, il lui semble qu'enfin son cœur commence à se remplir.

11

Il s'approche lentement d'elle, sans qu'elle ne puisse ni bouger ni crier, de plus en plus près et elle panique, elle panique tellement qu'elle se réveille en sursaut, étouffant un cri. Mais cette fois-ci, elle aperçoit par la fenêtre ce qui ressemble aux premières lueurs de l'aube et elle résiste à l'appel de l'angoisse. Elle se lève sans bruit, en laissant le lit défait, flotte jusqu'à la cuisine et fait chauffer de l'eau. Erin observe par la fenêtre les deux mésanges nonnettes qui se disputent le reste des graines de tournesol qu'elle a disposées hier soir rien que pour elles. Elle coupe la bouilloire juste avant qu'elle fasse trop de bruit, déverrouille la porte d'entrée et sort avec son thé s'asseoir à sa place habituelle pour regarder autour d'elle. Elle n'a plus envie de fumer et ne pense même pas à son paquet entamé qui traîne quelque part. La montagne est silencieuse, à peine peut-elle deviner le bruit du vent. Elle caresse l'idée de réveiller Tonnerre, elle veut lui montrer la beauté d'une journée qui débute, mais elle craint de briser l'équilibre en sifflant trop fort pour l'appeler. Comme si elle percevait son dilemme, Tonnerre lève la tête, s'étire longuement et trottine en direction de la porte entrouverte. Erin l'accueille sans geste brusque, elle enfouit sa tête dans le dos de la chienne et respire le plus profondément qu'elle peut. C'est la forêt qui l'entoure, le versant est de la montagne qui surplombe sa maison, c'est le bruit des chevreuils écrasant les feuilles mortes avant que le soleil se couche, c'est l'odeur de sa chienne au petit matin, avant que les oiseaux se mettent à chanter, c'est tout ça qui la fait se sentir vivante. Et soudainement, accroupie sur ce pas-de-porte, elle voudrait se pardonner d'avoir tant voulu être aimée.

12

Depuis l'accident, Erin et Janine se sont rapprochées. C'est elle qui a supervisé les opérations pour sauver la 308. Elle a passé des coups de fil à un garagiste du coin, a emmené Erin à la casse pour choper un rétroviseur et Erin a fini par se laisser porter. Elle a pris l'habitude de venir une fois par semaine avec Tonnerre pour dire bonjour, sur le coup de dix-sept heures, en guise de remerciement un peu gauche. La marche jusque chez sa voisine sert de balade pour la chienne, car elles s'appellent « voisines », mais le terme, vu les distances du coin, n'est peut-être pas très approprié ou en tout cas désigne des réalités et des proximités assez différentes. Janine habite de l'autre côté de Massat, pas loin du centre équestre qui abrite un chien fugueur. Erin apporte toujours quelque chose, une plume qu'elle a trouvé en marchant, la photo d'une trace qu'elle n'arrive pas à identifier ou un morceau de gâteau maladroitement fait mais que Janine accueille avec enthousiasme. La semaine dernière, Erin lui a apporté deux sacs d'ail des ours qu'elle a ramassé lors d'une balade. Les feuilles viennent de sortir avec l'arrivée du mois d'avril et embaument des parties entières de sentier. Elle a hésité, de peur de se tromper, et s'est rappelé ce que sa mère lui disait, *il faut te fier à l'odeur, tu ne peux pas te tromper, le muguet ça sent pas l'ail.* Les sacs remplis, elle a été très fière d'elle, et ce cadeau a été mieux accueilli par Janine que tout le reste. Erin lui pose beaucoup de questions et élude souvent les siennes. Ancienne postière, Janine est une petite femme noueuse, avec des cheveux gris très courts, une polaire toujours à proximité et un accent très prononcé, probablement pyrénéen, Erin ne sait pas les distinguer. Elle est née à Ascain, plus près de l'océan, à trois-cents kilomètres de là mais elle a grandi à Barèges, pas loin de Luz-Saint-Sauveur. Elle ne semble pas particulièrement attachée à ces endroits et a soupiré quand Erin lui a demandé si c'était joli par chez elle, *le Néouvielle, Gavarnie, c'est quelque chose, mais ça fait pas tout pour vouloir rester quelque part*, laissant une part de mystère sur ce qui l'a poussée à partir. Elle dit qu'elle est arrivée à Massat pas vraiment par hasard ni tout à fait de manière intentionnelle, mais que la raison de sa venue est finalement partie vivre loin de Massat. Erin a l'impression qu'elle a suivi quelqu'un, sans oser demander plus. Janine n'a jamais été mariée et c'est suffisamment rare dans le coin pour qu'elle le souligne à chaque conversation. Elle dit qu'elle *n'a jamais voulu s'emmerder, que la vue ici lui suffit pour la mettre de bonne humeur, et qu'elle n'aime pas nettoyer derrière quelqu'un.* Elle a eu des prétendants comme elle dit, mais aucun ne savait préparer à manger, et elle trouve qu'elle a déjà bien trop à faire à s'occuper d'elle-même pour s'encombrer de la charge de quelqu'un d'autre.

– Tu stresses jamais la nuit ici toute seule ?

– Ça fait bien longtemps que j'ai plus peur je crois. Et puis y'a toujours Simone, au cas où répond Janine avec le sourire, en montrant la carabine posée à côté de l'entrée. T'as peur toi dans ta maison ici ?

– Moins que je pensais, mais je ferme tout, volets et portes à clé chaque soir. La chienne y est pour beaucoup, je sais pas si j'y arriverais sans elle en vrai. Des fois tu sais, je rêverais d'avoir une grande maison avec quatre gros chiens, quatre gros chiens protecteurs et moi au milieu…

Janine rigole.

– Tu risques pas grand-chose ici tu sais Erin…

Erin fixe la carabine et pense à son obsession des armes à Paris. Elle avait accumulé en quelques mois une grosse gazeuse lacrymogène *(la plus grosse que vous avez s'il vous plaît)*, une bombe au poivre, un shocker électrique qu'elle chargeait toutes les deux semaines pour qu'il soit toujours prêt, une matraque télescopique qu'elle ne trouvait pas pratique, un couteau sans cran d'arrêt et une batte de baseball trouvée à bas prix chez Décathlon qui prenait la poussière sous son lit. Le reste était disposé stratégiquement dans son appartement, au cas où, pour répondre aux multiples scénarios qu'Erin imaginait. Quand elle avait fait ses bagages pour les Pyrénées, elle avait hésité et n'avait pris que la bombe au poivre, qui avait d'abord traîné sur la table de nuit. Au premier grand ménage, elle avait disparu dans un tiroir et Erin ne saurait même plus dire où elle l'avait mise.

– En tout cas je sais pas ce que t'es venue chercher ici, mais on dirait que t'avais bien besoin de partir loin hein, lui dit Janine en lui resservant du thé.

Erin hoche la tête, et se penche pour caresser sa chienne, coupant court à la discussion. Janine ne relance pas, ça n'est pas son boulot de s'inquiéter pour Erin, même si elle a envie de la secouer, de lui dire qu'elle a la vie devant elle pour avancer, qu'il ne faut pas qu'elle se laisse bouffer par sa fuite, elle est bien placée pour le savoir.

*

En se promenant sur le sentier où elle a l'habitude de sortir Tonnerre, Erin remarque les bourgeons remplis de sève sur les arbres devant lesquels elle passe. Elle reconnaît désormais les mélèzes qui commencent à fleurir, avec leurs discrets cônes rouges qui poussent sur des branches encore éprouvées par l'hiver qui vient de se terminer. Elle aperçoit une plume noire et blanche, mouchetée sur un seul des deux côtés, et la glisse dans sa poche. Celle-là, elle la donnera plus tard à Janine.

De retour chez elle, Erin vérifie que la plume est toujours dans sa poche, regarde autour d'elle et se surprend à sourire. Elle est fière, elle a bien choisi. Elle se sent à l'aise ici, l'endroit n'est pas trop grand, pas trop impressionnant sans être étouffant. Elle se prend à rêver, elle pourrait y rester plus longtemps que prévu, non ? Il faudrait qu'elle se trouve du travail, l'argent va bien finir par manquer, son chômage n'est pas éternel. Mais ça ne semble pas hors d'atteinte. Ses angoisses sur le boulot sont de moins en moins fréquentes, apaisées par la lenteur à laquelle ses économies fondent, dans un environnement où elle n'a quasiment aucun endroit où consommer. Ses parents, les seuls à qui elle a confié où elle est partie, sont rassurés de la savoir loin de la ville. Ils n'ont pas posé de question, mais ça viendra, elle le sait. Elle tient au courant de manière plus floue le reste de ses connaissances en postant des stories sur Instagram qui font croire à tout le monde qu'elle est en vacances perpétuelles. Ce qui, Erin remarque, n'est en fin de compte pas si éloigné de la réalité. Elle fait attention à ne jamais donner le nom du village sur les réseaux. Si elle y réfléchit bien, la seule personne à savoir exactement où elle habite, mis à part ses parents, est la libraire parisienne qu'Aria lui avait conseillée et chez qui Erin continue à commander des livres. Une fois terminé le carton de livres qu'elle avait apporté, la région étant pauvre en librairies, c'est le seul moyen qu'elle a trouvé et qui lui évite de faire trop de voiture. Les jours de tristesse, elle se plonge désespérément dans ces livres, les laissant la dévorer, en lit des passages à haute voix à Tonnerre pour apprécier le son des mots dits les uns après les autres. Elle ne s'arrête que pour se refaire du thé ou aller aux toilettes et saute le repas du midi, trouvant les cris de protestations de son estomac étrangement satisfaisants. Elle aime la sensation de faim comme elle aime les courbatures. Elle trouve que la faim, quand elle lui pique les mains, donne les mêmes sensations physiques qu'une montée d'angoisse. L'idée qu'il suffit de croquer dans un bout de pain pour la calmer, qu'elle peut choisir de l'arrêter, est presque grisante. Elle se raconte qu'elle a oublié de manger, mais la vérité c'est que la faim la met dans un état second, la plongeant encore davantage dans le livre qu'elle est en train de dévorer. Un état second, mais qu'elle est en mesure de contrôler.

Depuis la rupture avec lui, son besoin de contrôle est devenu exponentiel. Son corps est devenu le champ de bataille d'une guerre silencieuse. Déstabilisée par l'angoisse qu'elle ne peut maîtriser, elle se rabat sur le reste. Elle se sent à la fois distanciée d'elle-même, oubliant tous les mois qu'elle va avoir ses règles, tachant de sang ses culottes à chaque fois, et suspicieuse, avide de tout comprendre, de tout maîtriser, googlant tous les phénomènes que son corps abrite. Elle veut connaître l'endroit précis des douleurs qui apparaissent de manière aléatoire, leurs raisons, pourquoi sa peau est parfois douloureuse au toucher sans blessure apparente, pourquoi son dos se bloque, pourquoi ses entrailles mènent leur propre vie, cherchant les explications les plus compliquées aux problèmes les plus simples : sa peau est déshydratée à cause du froid, elle a des rythmes de repas catastrophiques et est régulièrement dans des états de tension tels que ses muscles en gardent la trace plusieurs jours.

Erin remarque que les graines qu'elle a posées le long de la fenêtre n'ont pas été mangées, signe que le printemps commence à s'installer et que la nourriture peut être trouvée ailleurs. Le rouge-gorge qu'elle affectionne particulièrement s'est posé sur la table du jardin, il boit dans la soucoupe remplie d'eau de pluie en faisant des allers-retours, pas rassuré par la présence d'Erin et de Tonnerre. Il devrait plutôt se méfier d'Idéfix, elle a vu le chat tourner autour de la soucoupe plusieurs fois, très intéressé par le passage continu de proies potentielles. Il faudrait qu'elle trouve un nom à l'oiseau, mais elle n'est pas encore assez aguerrie pour le reconnaître parmi d'autres rouges-gorges. Peut-être même qu'il y a une colonie de rouges-gorges, que ça n'est jamais le même qui vient, et qu'Erin n'arrive tout simplement pas à les différencier. Elle sourit. Quand elle avait six ou sept ans, un hérisson avait élu domicile dans leur jardin. Son père et elle l'avaient prénommé Hector et toutes les nuits elle attendait la fenêtre ouverte, dans l'espoir d'entendre le bruit des pattes d'Hector griffer le gravier de leur entrée. S'il venait le soir, son père l'appelait et elle courait dans les escaliers pour caresser le hérisson et lui donner des bouts de pomme. Elle passait la main sur les piques, le plus doucement possible et ça lui était bizarrement agréable, jamais douloureux. Ça avait duré des années. Durant l'adolescence, son père avait continué à lui parler d'Hector, à l'appeler quand il voyait le hérisson et, malgré la disparition de l'enfance, Erin était toujours de meilleure humeur après l'avoir vu. À vingt ans, dans un bar à Paris où elle discutait avec des collègues, elle leur avait raconté l'histoire d'Hector le hérisson et ses collègues avaient eu un fou rire. L'une d'elles lui avait assuré, *un hérisson ne peut pas vivre plus de quatre ans*, elle s'était fait arnaquer par son père. Erin avait souri, gênée et était allée vérifier sur internet en rentrant. Elle n'avait jamais rien dit à son père, il aurait probablement nié, embarrassé d'avoir été démasqué. Elle n'avait pas été blessée, plutôt attendrie. Ça n'était pas la première fois qu'il modifiait un peu la réalité pour rendre la nature plus enchantée qu'elle l'était en vérité. Quand elle lui rappelait les gestes attentionnés qu'il avait eus pour elle, il grommelait, les sentiments n'étaient pas son fort et il ne voyait pas bien l'intérêt de parler de tout ça. Elle devrait l'appeler, lui parler du rouge-gorge, ça lui ferait plaisir. Elle lui parlerait du printemps installé, des pousses qui parsemaient la terre, du vert qui revenait sur les arbres à côté de la maison, des deux sacs d'ail des ours. Elle ne lui dirait pas qu'il lui manquait, seulement qu'elle était contente de commencer à trouver autre chose que des courges au marché, et elle espérait qu'il comprendrait.

13

Erin regarde le ciel qui s'assombrit progressivement. Les nuages noirs s'approchent depuis au moins une demi-heure. La nature est silencieuse, les oiseaux ont arrêté de chanter et la température a baissé soudainement. L'odeur des arbres en fleur est enivrante, elle remplit le jardin. Erin se prend à espérer et reste dehors à jardiner, comme pour défier l'orage, lui dire *vas-y, viens, je t'attends*. Quand elle sent les premières gouttes de pluie tomber, elle ne peut pas s'empêcher de sourire. Elle pose la petite pelle qu'elle utilise pour planter les graines de thym et de verveine sous la minuscule serre en plastique qu'elle a mise en place et s'essuie les mains. Elle veut sentir l'eau lui couler dans la nuque et commencer à mouiller ses bras. Soudain, elle le voit arriver. L'éclair juste avant le bruit la fait sourire encore plus. Elle frissonne, compte mentalement le nombre de secondes qui sépare l'éclair du tonnerre et le ciel gronde d'un coup au moment où elle arrive à cinq. 5 kilomètres ? 500 mètres ? Erin ne sait plus, la terre fume, et elle respire à fond l'odeur de la pluie, l'odeur de pétrichor qui lui a tant manqué. Au deuxième coup de tonnerre, l'excitation lui donne la chair de poule. Elle pense à Idéfix, elle devrait l'appeler, le faire rentrer, au cas où l'orage soit trop fort. Le vent s'est levé, les pins et le noisetier ondulent sous le vent comme touchés par des vagues successives. Sa mère parlait toujours aux orages, quand ils faisaient trop de bruit. Erin l'entend encore dire *eh oh ça suffit là, du calme.* Erin aimait imaginer le ciel s'excuser d'y être allé un peu fort tout en faisant éclater son plus beau tonnerre. Ça avait contribué à faire de l'orage un personnage de sa vie quotidienne, dont elle n'avait jamais eu peur. Si elle devait choisir son phénomène météorologique préféré ça serait celui-là, le tonnerre qui fait vibrer les fenêtres, les orages d'été qui viennent déchirer un ciel trop brûlant, les orages de printemps qui détrempent les sols et les orages de montagne qui changent le paysage en quelques secondes, pour disparaître moins d'une heure après. Elle aime ce moment où la nature n'est plus uniquement un décor. Il y a quelques années, lors d'un week-end chez des amis où les pièces bondées l'étouffaient, l'orage était arrivé et elle était sortie se mettre dessous, au milieu du champ, pour respirer, pour reprendre ses esprits. Tout en rangeant ses outils et ses graines, Erin remarque que cet amour-là, cet amour des tempêtes, des orages, de la nature qui se déchaîne, il n'a jamais réussi à lui enlever.

Elle le note, parce qu'elle sait que pendant toutes ces années avec lui, elle n'était plus vraiment elle-même. Elle s'était perdue à l'intérieur de lui, dissoute, elle ne savait plus ce qui la composait, ce qu'elle aimait, sa capacité d'adaptation était telle qu'elle s'était pliée aux habitudes et aux intérêts de l'autre en disparaissant, en devenant transparente. Elle s'était adaptée au rythme des repas, à leur composition, elle avait pris quinze kilos en cinq ans sans vraiment s'en apercevoir, il détournait toute son énergie à son profit, lui laissant à peine le minimum vital pour fonctionner. Quand elle l'avait quitté, elle était épuisée. Elle s'était retrouvée à devoir éprouver le quotidien avec personne d'autre qu'elle-même. Elle avait tâtonné, sans savoir si les décisions qu'elle prenait étaient les bonnes et chaque erreur la voyait s'effondrer, comme la preuve irréfutable qu'elle n'était pas capable de vivre par elle-même. Une monnaie rendue en sa défaveur, un mauvais achat, le métro pris dans le sens inverse, toutes ces erreurs venaient enfoncer le clou, la convaincre qu'elle n'était pas prête à être seule. Elle regardait les autres évoluer sans comprendre comment ils faisaient, comment tous ces gens pouvaient être aussi sûrs de leurs choix, de leurs décisions quotidiennes, elle les imaginait, sans failles, sans doutes, sans regrets. Elle ne savait pas ce qu'elle aimait, elle ne savait pas comment être sûre de ce dont elle avait envie, comment se poser les bonnes questions, comment faire confiance à ses élans.

La neige avait finalement été l'élan le plus fort, celui qu'elle n'avait pas pu ignorer, qui l'avait submergée et hantée jusqu'à ce qu'elle fasse sa valise. Elle ne savait pas encore quelle personne elle était au quotidien hors de son couple, si elle préférait se lever tôt ou tard, manger léger le soir ou avaler un plat de pâtes, si elle préférait réellement les œufs brouillés aux œufs à la coque comme lui, mais elle savait qu'il lui fallait quitter Paris, qu'il lui fallait partir loin, partir dans un endroit où le froid la ferait retourner à la vie. Et quand elle était sortie de sa voiture fin novembre et que le froid s'était immiscé dans les manches de sa doudoune, qu'il avait fait rosir ses joues et pleurer ses yeux, elle avait su qu'elle avait pris la bonne décision.

À chaque fois qu'elle partait marcher, à chaque fois qu'elle explorait les environs, son cerveau débordait d'interrogations existentielles. Elle se posait souvent ces questions, en interrogeant Tonnerre : *Est-ce que j'ai envie de faire ça ou bien est-ce que je suis juste convaincue que c'est la bonne chose à faire ? Qu'est-ce que j'aimerais réellement faire et au contraire, qu'est-ce que je fais en serrant les dents, parce que je pense que ça fera de moi quelqu'un de solide ?* Ça n'était pas la première fois qu'elle s'était perdue dans quelqu'un. Au fil du temps, elle avait appris les règles du football, du rugby, elle connaissait les enjeux du Tour de France, les meilleurs spots de surf sans avoir jamais pratiqué aucun de ces sports. L'univers de la haute couture n'avait plus eu de secret pour elle lorsqu'elle était sortie avec un assistant designer, puis elle avait très vite tout oublié pour se passionner pour le cinéma marocain quand elle couchait avec cet étudiant de la Fémis. Elle avait cette habitude depuis l'adolescence, cette façon d'être que les autres trouvaient méprisable. Peut-être que je me protège, Erin se dit tout en marchant. De quoi, elle ne sait pas. Mais peut-être que l'idée que les hommes voient qui elle est vraiment lui semble insurmontable, trop dangereuse, et qu'elle se fond en eux dans l'espoir d'en ressortir vivante.

Elle regarde l'orage qui se déchaîne dehors, assise sur le canapé du salon, et le trouve plus menaçant qu'en ville, elle a le sentiment que son abri est plus vulnérable. Les volets, mal attachés, claquent, et la pluie s'abat en biais sur les fenêtres du salon, si fort que le bruit a pris possession de toute la maison. Sans se l'avouer réellement, elle est très contente que Tonnerre se roule en boule contre sa cuisse, les deux formant un duo pas très rassuré. Idéfix, lui, est rentré sans trop de difficulté. Il a marqué une pause avant de passer la porte et s'est engouffré, sous l'œil vaguement étonné de Tonnerre. Il s'est approché à pas feutrés du canapé, a reniflé l'air ambiant, puis la table, les chaises, et s'est dirigé d'un pas plus décidé vers le panier de Tonnerre. Il en a fait le tour en les fixant puis s'y est glissé. Outrée, Tonnerre s'est redressée en couinant et le chat a détalé plus loin. Quand le moment lui a paru plus calme, il a grimpé sur le fauteuil en face du canapé, a tourné sur lui-même et s'est tranquillement installé contre l'accoudoir élimé.

Erin est vivante. Il y a des hauts et des bas, rien n'est linéaire, elle y a laissé des plumes, elle a perdu des années de sa vie mais elle est debout, plus solide qu'elle n'aurait jamais cru. Elle a survécu et elle trouve, au fur et à mesure que les éclairs illuminent la pièce, qu'elle peut en être fière.

14

Il faut qu'elle bouge, qu'elle reprenne la voiture qui marche désormais très bien. Erin a pu la récupérer plus rapidement qu'elle pensait. Le problème, c'est qu'elle a peur de toucher le volant. Le matin, elle regarde la 308, méfiante, en repoussant toujours à plus tard le moment de la conduire. Janine s'en est rendu compte et lui propose de l'amener aux courses de temps à autre, en soufflant *qu'il va bien falloir qu'elle s'y remette à la conduire cette bagnole*, mais Erin culpabilise pour l'essence et le temps que ça prend à sa voisine.

Aujourd'hui, elle trépigne, elle en a assez de se sentir enfermée, dépendante. Le temps se réchauffe, les traces de pluie ont séché depuis l'orage. Elle ouvre son ordinateur et cherche l'endroit le plus proche où aller grimper. Lorsqu'elle vivait encore avec lui, grimper avait été son salut. Elle s'était mise à aller à la salle d'escalade par hasard, parce qu'une amie lui avait proposé et elle n'avait plus pu s'arrêter. La première fois qu'elle avait mis ses mains sur les prises artificielles, elle avait été étonnée de les tenir, de réussir à se hisser. Elle n'avait aucun souvenir des cours du collège, mais son corps répondait. Pas toujours efficacement mais, au moins, elle le sentait vivant. Elle avait eu immédiatement peur, peur de tomber, elle s'agrippait comme une folle aux gros bacs qui constituaient l'essentiel des prises pour débutants. Ses jambes tremblaient, à tel point qu'elle devait physiquement les calmer, leur appuyer dessus pour éviter de glisser. Mais cette peur-là ne l'avait pas fait renoncer. Elle pestait, faisant rire les grimpeurs autour d'elle. Elle criait *putain avance, bouge tes bras, allez*. Elle se poussait des fois jusqu'au bord des larmes, terrifiée, mais en redescendant elle avait immédiatement envie d'y retourner. Sur le mur, elle ne pensait à rien d'autre qu'au mouvement, à celui qu'elle allait devoir faire, celui d'après, celui d'encore après. Il n'y avait aucun espace pour d'autres pensées, tout son esprit était concentré afin de ne pas tomber et elle se déconnectait du reste. Quand elle lui en avait parlé, il avait bien sûr tenté de lui dire que c'était trop dangereux, que ça n'était pas pour elle, qu'elle n'avait pas le bon matériel, mais cette fois, sans qu'elle comprenne pourquoi, ça n'avait pas marché, elle avait tenu bon. Elle avait d'abord essayé la voie, c'est-à-dire qu'elle montait des parois hautes d'une quinzaine de mètres, encordée et assurée par son amie. Un jour où Erin lui avait proposé d'aller à la salle et qu'elle n'était pas disponible, son amie lui avait répondu qu'elle n'avait qu'à aller dans la salle d'à côté, au bloc, un mot qu'elle n'avait jamais entendu. Elle avait découvert un endroit rempli de blocs à grimper seule, sans corde, jamais trop haut, sans autre matériel que ses chaussons et de gros tapis pour amortir les chutes. Elle avait tout de suite aimé cette solitude. Au bout de quelques mois, elle avait cherché où grimper en extérieur et s'était mise à explorer l'immensité du terrain de jeu de Fontainebleau en louant un crashpad, toute seule pendant des heures sans le prévenir, mentant sur l'endroit où elle passait ses journées. Elle cachait ses chaussons au travail, de peur qu'il les jette et elle était fière de se dire qu'il n'avait jamais su pour ses après-midis dans la forêt. Quand elle avait adopté Tonnerre, elle avait continué à y aller, à explorer les différents secteurs. La chienne l'attendait au pied des blocs, l'air interdit ou bien s'éloignait un peu pour renifler les odeurs nouvelles des arbres alentour. Durant ces moments, Erin savourait l'absence des autres. Elle ne cherchait pas spécialement la difficulté, juste la sensation du rocher et la familiarité de la peur.

*

Erin n'a pas regrimpé depuis son arrivée ici et elle se rend compte que ça lui manque. Elle a envie de passer ses doigts sur la surface granuleuse du rocher pour y sentir chaque millimètre de matière minérale, viser la faille, l'endroit qui accueillerait une ou, comble du luxe, deux phalanges. Elle veut fouiller la roche pour trouver une aspérité, un renfoncement, une dent, une réglette inexistante. Alors, en cherchant bien sur internet, elle repère un lieu pas très loin de chez elle, des blocs faciles indique le site. Elle regarde dans la maison ce qui pourrait lui servir de crashpad, de matelas pour amortir sa chute, et se décide pour des morceaux de canapé en mousse qui traînent dans la remise, deux gros rectangles qui lui paraissent convenables. Elle jette tout à l'arrière de la voiture et démarre, pas très assurée, les fenêtres fermées pour éviter toute tentative d'intrusion d'insectes maladroits. Le lieu n'est pas compliqué à trouver, des rochers de quelques mètres se dressent à droite de la route, elle les voit depuis le petit parking récemment aménagé. Elle sort ses chaussons, ses blocs de mousse, et elle s'engouffre dans la forêt en suivant le chemin, à la recherche des flèches orange et bleues qui lui indiquent les blocs de son niveau. Elle n'a pas d'égo dans l'escalade, elle regarde les plus petits rochers, ceux qui demandent le moins de courage. Elle s'arrête devant une dalle pas trop lisse, pas trop haute, probablement faisable en un ou deux essais. Elle dispose la vieille mousse qui sert surtout à la rassurer plutôt qu'à amortir quoi que ce soit et s'assoit pour enfiler ses chaussons. Ses pieds sont douloureux, plus du tout habitués à l'étroitesse du cuir qui s'est raidi avec le froid et le manque d'utilisation. La dernière fois qu'elle les a mis c'était en novembre dernier, avant de partir. En se relevant, elle boite légèrement et pose ses mains sur la pierre. Elle aime vraiment ça, ce moment où elle n'est pas encore sûre de son équilibre, encore moins de l'adhérence de ses chaussons. Elle essaie de monter ses pieds, elle ne sait pas où mettre ses mains, la dalle est moins facile qu'elle pensait. Soudain, son pied droit glisse et elle dégringole, roulant en arrière sur les gros blocs de mousse. Tonnerre vient lui lécher le visage, ne sachant pas s'il s'agit d'un jeu ou d'un drame.

– Tout va bien, promis, laisse-moi me relever !

Erin y retourne, ses doigts commencent à être râpés mais c'est agréable, la pulpe est toute douce, limée par le caillou. Elle se remémore l'endroit exact où ses mains et ses pieds doivent se placer, elle contracte tout ce qu'elle peut et, soudain, elle sent qu'elle tient presque solidement. *Surtout ne pas lâcher prise.* Son corps a conservé des réflexes archaïques. Il évacue une transpiration puante et concentrée dès qu'elle a peur. D'ailleurs, pour savoir à quel point elle a eu peur sur un bloc il lui suffit d'approcher le nez de ses teeshirts après coup. Curieuse, une fois elle a cherché à comprendre : après une stimulation émotionnelle, ce sont les glandes apocrines qui réagissent en produisant une transpiration plus propice au développement de bactéries. D'où cette odeur qui la suit ensuite. Mais contrairement au reste de ses craintes, celle qui débarque quand elle grimpe ces blocs d'à peine plus de quatre mètres est utile à quelque chose, elle lui permet de se concentrer sur une chose à la fois, de ne pas se laisser parasiter. Et Erin la sent temporaire, maîtrisable.

Collée contre la pierre, elle tremble de moins en moins, arrive à se calmer en se répétant qu'elle peut le faire, *mais si, respire*, qu'elle est plus en sécurité ici que dans l'appartement avec lui. Elle entend Tonnerre aboyer, la chienne est moins confiante qu'elle, elle doit sentir la production des fameuses glandes. Contre toute logique, Erin décide de faire confiance aux quatre doigts arqués sur un renfoncement du granit. Elle plaque son bassin le plus près possible de la surface réchauffée par le soleil, pousse sur ses jambes avant de tirer sur ses bras, elle introduit l'autre main dans une fissure naissante et elle se hisse. Au sommet, elle sourit et se félicite intérieurement. Elle s'assoit au bord du bloc et, sans se presser, elle laisse le vent sécher son dos, sa nuque, ses aisselles avant de se lancer sur le bloc suivant. Elle a passé tant de temps à examiner sa vie, à l'attendre, à se dire que ça ne pouvait pas être ça, juste ça. Qu'il y avait forcément quelque chose d'autre, quelque chose de plus brûlant, de plus vivant. Elle a attendu. Et puis Erin a monté des cols, escaladé des crêtes, vu la lumière dorée de la fin d'après-midi colorer les pins sylvestres d'une telle manière qu'elle s'est sentie réconciliée avec elle-même. Elle y est. C'est sa vie, elle a déjà commencé depuis longtemps, elle continue à filer et il suffirait qu'elle accepte de se laisser porter.

15

Erin gare sa voiture en face de chez Janine, le long de la route, éteint les phares et coupe le contact. Elle fait bouger ses doigts un à un et constate avec satisfaction qu'ils sont encore douloureux de la veille. Impatiente, Tonnerre se lève sur le siège avant en couinant, brisant le silence. Erin la regarde avec tendresse et profite de l'espace clos de la voiture pour la prendre dans ses bras et mettre sa tête dans son cou. La chienne la tolère quelques secondes, puis se dégage pour gratter la portière en regardant Erin d'un air indigné.

– Oui, oui, je t'ouvre espèce de sans-cœur.

Elle a appelé Janine en rentrant hier pour lui proposer de dîner ensemble le lendemain, et Janine lui a dit qu'elle préférait faire ça chez elle. Janine habite dans une maison construite dans les années soixante où la cave est au rez-de-chaussée et les autres pièces au premier étage. La maison est toujours en désordre et Erin aime l'odeur du café qui y flotte à n'importe quelle heure, les bottes crottées dans l'entrée, l'énorme photo en noir et blanc du mont Valier qui domine le salon et le nombre incalculable de livres disséminés partout dans chaque pièce.

Erin fait sortir Tonnerre qui s'ébroue, ferme sa voiture et monte le petit escalier en béton qui la mène à la porte d'entrée. Elle sonne et entre sans attendre comme elle en a désormais l'habitude, annonçant son arrivée en saluant

Janine à voix haute. Elle la trouve dans la cuisine, en train de faire infuser la verveine qu'elle conserve dans de gros bocaux en verre, sur une étagère où est exposée sa collection d'herbes séchées. Erin fait de la place sur la lourde table en bois encombrée de prospectus et de magazines et dépose le houmous qu'elle a préparé pour l'apéro, en s'excusant de toujours apporter la même chose à manger pour leurs dîners. *C'est tout ce que je sais faire de salé,* plaide-t-elle. Janine balaie les excuses d'un geste de la main et pose deux tasses fumantes sur la table.

– Assieds-toi au lieu de raconter des conneries.

Janine se relève pour aller remplir un bol d'eau pour Tonnerre, qui s'est déjà installée sous la table, le museau entre les pattes de devant, collée aux pieds d'Erin.

– Allez tiens, toi aussi t'as le droit de boire un truc.

Janine dépose le bol et en profite pour caresser d'un geste brusque la chienne, qui se roule sur le dos, dans l'espoir d'amadouer la propriétaire des lieux, sans succès.

– Alors, qu'est-ce que t'as fait de beau ces jours-ci Erin ? J'ai vu que t'étais venue en voiture, c'est bien ça ! Raconte-moi un peu où tu traînes ces temps-ci.

Erin lui raconte la journée d'hier, l'escalade seule, les blocs froids sous ses mains, les courbatures. Elle fait des pauses, pour trouver les bons mots, pour raconter autre chose que l'effort physique. La conversation n'est jamais difficile avec sa voisine, Janine est habituée aux silences et n'est pas gênée de les laisser s'installer.

– Et ça t'arrive de pas vouloir monter au sommet d'un truc, dis ?

Erin rit, mais elle s'est déjà posé la question. Elle sait que les gens ont souvent envie de monter toujours plus haut, que pour certains, le sommet a plus de valeur que le chemin pour y arriver. Elle répond à Janine qu'elle a l'impression que c'est un peu différent dans son cas, ou peut-être que ça l'arrange de le penser. Mais c'est vrai, qu'est-ce qui fait qu'elle a le sentiment de défaillir à chaque sommet, à chaque col qu'elle atteint ? Le plus rarement, c'est parce que c'est la fin d'un effort, l'ascension physique qui se termine et qu'elle y est arrivée. Le plus souvent, c'est un sentiment purement esthétique, de l'ordre du sublime. Elle lui raconte qu'elle voudrait prendre une photo à chaque mouvement de lumière, à chaque mouvement de nuage, garder en mémoire ce temps changeant des sommets qui modifie l'aspect de la vue à chaque instant. Qu'elle est soufflée par l'espace qui se dégage devant ses yeux, la hauteur qui change la perspective, elle sourit de voir si loin. Que pour elle, l'arrivée au sommet n'est pas tant une conquête qu'une victoire sur elle-même, une épreuve à franchir. Avoir une vue dégagée à 360° sur des kilomètres, sans obstacle, la remplit d'une joie inexplicable, addictive, transformative. Pour elle, les sommets sont sans équivoque les plus beaux endroits du monde. Probablement qu'à la différence du lieu où elle a grandi, ces sommets-là sont vides, moins touristiques, sans les masses de randonneurs défilant à toute heure. Elle peut en jouir de manière solitaire, ce qui accentue la sensation d'être une invitée dans un espace qui n'est pas chez elle. Elle explique à Janine que lorsqu'elle a fait le Cap du Carmil, sa dernière randonnée, elle s'est sentie intruse en débarquant au sommet. Un large troupeau de vaches broutait paisiblement pile en haut, à côté du panneau annonçant l'altitude. L'endroit était envahi d'insectes, des mouches et des abeilles tournoyaient partout. Tonnerre n'était pas rassurée, elle lâchait des aboiements étouffés en regardant Erin d'un air paniqué, ces gros mammifères lui semblaient bien trop près. Erin a fini par la mettre en laisse, choisissant de faire sa pause ailleurs pour les laisser tranquilles, en s'excusant presque d'être venue sur leur territoire. Les vaches l'ont suivie du regard, espérant probablement du sel ou une pomme, et s'en sont retournées à leur repas, comme si rien ne s'était passé.

– Et puis, quand tu montes haut, t'as plus de chance de voir des marmottes partout Janine !

Janine rigole, elle aime bien l'enthousiasme d'Erin, sa manière de vouloir avoir l'air d'être de la campagne tout en craignant un coup de corne d'une vache. Ça fait un moment qu'elle n'a pas eu autant de vie dans sa cuisine. Elle est dans ce village depuis tellement d'années qu'elle a arrêté de compter mais elle a du mal à créer du lien. Les gens lui paraissent étrangers, plus durs qu'avant, plus renfermés. Les embrouilles deviennent plus présentes, tous les sujets peuvent être source de disputes. Elle ne regrette pas son village plus à l'ouest, mais elle trouve qu'il manque de la joie ici. La première fois qu'elle a croisé Erin avec son chien, elle n'a pas osé lui dire bonjour, elle aurait eu l'impression d'interrompre un huis clos intime. Elle s'est dit qu'Erin avait l'air de porter le poids du monde sur ses épaules. Mais depuis qu'elle passe chez elle, depuis l'accident, Janine a découvert une autre version d'Erin. Cette gamine, c'est une tornade dans sa cuisine. On dirait qu'elle découvre tout pour la première fois, qu'elle teste tous les parfums de glace pour savoir ceux qu'elle aime réellement et qu'elle est si surprise des saveurs qu'elle peut en parler pendant des heures.

– Mais dis-moi, Erin, t'as jamais personne qui vient te rendre visite ici ? Tu veux pas inviter des gens pour marcher un peu ?

Erin se renfrogne, et la joie des dix minutes précédentes semble se dissiper instantanément. *Tonnerre me suffit*, elle répond. Et puis en vrai, elle ne saurait pas vraiment qui inviter.

– Bah, j'en sais rien Erin, y'a pas des gens de Paris qui veulent venir voir la neige au loin ?

Erin hausse les épaules et se penche sous la table pour gratter le ventre de sa chienne et éviter de croiser les yeux de sa voisine.

– Tonnerre, Tonnerre, elle fait pas fuir les marmottes ta chienne justement ?

Par chance, Tonnerre est une chienne qui aboie très peu sur les autres animaux, comme si elle comprenait qu'ils n'étaient pas l'ennemi. Elle n'aboie ni sur les chevreuils qui viennent à l'aube grignoter les pousses du printemps dans le jardin, ni sur Idéfix qu'Erin a fini par adopter, ni sur le renard qui passe de l'autre côté du pré à la tombée de la nuit. Pour être tout à fait honnête, la chienne est surtout très peureuse et se réfugie souvent derrière les jambes d'Erin, laissant exceptionnellement sortir d'entre ses babines un aboiement furtif. Erin lui est reconnaissante de ce silence et leurs marches lui donnent l'impression qu'elles font toutes les deux partie de ce décor naturel qu'elle explore jour après jour.

– T'as jamais voulu de chien toi ?

– Si si, j'ai eu un chien, un chien de berger, pendant douze ans. Louis je l'avais appelé. J'aimais pas tellement les chiens quand j'étais petite, je m'en méfiais. Mais quand je me suis installée ici, et que j'ai été sûre que j'allais être seule, je me suis dit que ça serait pas plus mal d'avoir un chien tu vois. Alors j'en ai pris un, bébé, et on s'est apprivoisés. T'aurais dû me voir au début, c'était pas facile hein. J'avais la frousse ! Mais on a fini par bien s'entendre, et quand il est mort, j'ai pas réussi à en reprendre un, j'aurais eu l'impression de le trahir. C'était un vrai deuil tu sais, j'ai été surprise. Je pleure pas souvent, mais ça m'a fait un creux dans le corps. La maison était vide après ça, il a fallu mettre son panier au garage, donner la nourriture, et s'habituer au silence.

Erin frissonne.

– Franchement, je ne sais pas ce que je ferais si Tonnerre disparaissait. Ça doit faire un an que je vis avec, mais c'est devenu ma famille, mon quotidien.

Janine renifle et hausse les épaules, sans trop savoir quoi répondre. Elle est encore touchée par la mort de Louis, même si elle n'en parle pas, même si elle est embarrassée par cette douleur.

– Et un chat, tu voudrais même pas un chat ?

– Pourquoi tu veux me refourguer un animal, tu me trouves trop seule ?

Erin ne répond pas, consciente d'avoir été maladroite. Janine en profite pour se lever, pour remplir leurs verres et fouiller dans son frigo à la recherche de quelque chose pour commencer le dîner. En déposant les légumes à éplucher, elle demande à Erin en souriant si elle a déjà croisé des ours dans ses randonnées.

– Y'a vraiment des ours ici ?

– Ah ça… oui, des ours y'en a, ça c'est sûr.

Janine sourit en finissant sa phrase. La question est sensible dans la région, mais elle a un faible pour ces animaux un peu pataudes et très gourmands. Le sujet est sur toutes les lèvres, la réintroduction fait parler, polarise les positions. Les uns défendent l'animal, d'autres l'imaginent dangereux, et les tensions sont si vives que parler de l'ours à quelqu'un qu'on ne connaît pas très bien est devenu l'équivalent de lui demander de but en blanc pour qui il ou elle vote. Janine a acheté un autocollant *Oui à l'ours* sur un marché une fois, mais elle n'a jamais osé le coller sur sa voiture, elle l'a aimanté sur son frigo en attendant de lui trouver une meilleure place.

– Ben non, j'en ai jamais vu… J'y ai même pas pensé, moi là d'où je viens c'est le loup qui fait parler. Mais je crois qu'ici y'en a pas du tout, non ?

– On dit qu'il y a des loups qui traversent la frontière, qu'ils viendraient d'Espagne, des Pyrénées catalanes. Et tu sais comment c'est, les gens ils disent toujours qu'ils en ont vu un. Mais à mon avis, ça parle beaucoup pour rien. Si t'en vois un, surtout tu prends une photo, répond Janine en lui faisant un clin d'œil.

La soirée s'étire en longueur et finit plus tard que d'habitude, mais malgré la tisane chaude, le feu crépitant et les questions ouvertes de Janine, Erin n'arrive pas à parler. Elle ne dit pas vraiment ce qui l'a amenée ici, elle brode, mentionne un homme, un ex puis change de conversation. Elle n'a pas envie d'être déçue, de dire les mots qui marquent, qui définissent, et de voir que Janine est comme les autres, qu'elle va la regarder avec pitié et ne jamais en reparler. Elle aimerait garder le lien qui est en train de se créer et sa gorge se noue à l'idée qu'il pourrait lui aussi disparaître, la laissant désespérément seule à nouveau.

En partant de chez sa voisine, Erin lui demande si elle peut lui emprunter le gros livre qui trône sur sa table basse et qui lui fait de l'œil depuis un moment. C'est un livre épais, avec une photo d'un loup gris au milieu de la neige en couverture, un livre de photos et d'explications sur l'animal, son histoire, ses légendes, le fonctionnement des meutes. Elle n'a jamais entendu parler de l'auteur, Jean-Marc Landry, mais le livre a l'air de pouvoir répondre à toutes les questions qu'elle se pose.

– Vas-y ! Mais tu me le rends, hein !

En rentrant chez elle, elle songe à la fascination qu'elle avait plus jeune pour le loup. Elle découpait les articles qui parlaient des attaques et les collait consciencieusement dans son journal intime, elle avait supplié ses parents de l'emmener au val Ferret, quand les journaux titraient qu'une « bête sauvage » y faisait un carnage. Elle était inexorablement attirée par l'animal, sans trop savoir pourquoi, sa chambre était remplie de peluches diverses et variées représentant plus ou moins fidèlement l'animal et, contrairement aux autres enfants, l'idée qu'un loup rôde autour de la maison l'enchantait. Elle se sentait protégée.

– Tu ferais quoi si on voyait un loup toi Tonnerre hein ? Tu te réfugierais dans mes jambes, hein flippette !

La chienne la regarde et essaie de lécher la main d'Erin posée sur le levier de vitesse, puis retourne mettre son museau entre ses pattes. Le trajet est rapide pour rentrer chez elles. Quand Erin ouvre la portière et que la chienne saute et trottine vers la porte d'entrée, elle est frappée par son allure. Maintenant qu'elle a atteint sa taille adulte et que ses oreilles se sont redressées, elle ressemble vraiment à une louve blanche, le museau pointu, le poil abondant et les os saillants au niveau du bassin. Quand elle l'avait récupérée, plus petite, c'était moins visible, elle faisait davantage chiot maladroit que *canis lupus lupus*, mais maintenant qu'elle a grandi et qu'elle atteint sa taille adulte, on distingue mieux la filiation génétique entre les deux.

Arrivée dans son salon, Erin dépose les clés de la maison à côté de la cheminée et constate avec plaisir qu'il reste quelques braises à raviver. Elle pose le livre sur la table du salon et va ouvrir le radiateur de sa chambre, en prévision du moment où elle ira se coucher. En revenant, elle entend un miaulement. Idéfix est devant la porte et miaule en grattant. Lui aussi voudrait profiter des braises. Elle lui ouvre en riant et l'observe s'avancer dans la pièce. Idéfix a encore grossi. Il a le ventre rond, qui s'approche dangereusement du sol. Erin n'a pas vraiment le temps d'y réfléchir, son esprit est détourné par la vue du livre de Janine. Elle s'y plonge comme dans un autre univers. Elle lit des passages à voix haute à Tonnerre, et ça tourne en boucle dans sa tête. Elle va chercher son ordinateur et ouvre son navigateur. Au fil de ses recherches internet, elle apprend que pour le moment il n'y a pas de meute dans les Pyrénées françaises car il n'y aurait que des individus mâles isolés, deux loups solitaires qui auraient parcouru des centaines de kilomètres depuis les Alpes pour venir explorer les Pyrénées, à la recherche d'un nouveau territoire libre. Mais, sans louves, ils ne peuvent constituer de meute et sont condamnés à disparaître. Elle n'y a jamais pensé, et ça lui semble évident maintenant que c'est écrit, le caractère si aléatoire de l'installation d'une espèce dans un territoire. Elle se demande ce qui la fascine tant chez le prédateur, elle a l'impression qu'il y a davantage que sa rareté, peut-être le fait qu'il revienne comme ça, partout, que c'est la preuve que l'homme ne peut pas tout contrôler. Peut-être parce qu'elle aime aussi que les hommes s'en méfient. Qu'elle aime l'idée qu'ils aient eux aussi peur dans les bois, qu'ils craignent une mauvaise rencontre. Le feu est éteint depuis longtemps quand elle s'arrache à sa lecture, les membres ankylosés. Tonnerre et Idéfix dorment profondément et personne ne bouge quand elle se lève pour aller se coucher, la tête pleine, oubliant le ventre rond du chat pelotonné près de sa cheminée.

16

Le lendemain et la semaine qui suit, elle passe la journée à lire le gros livre que lui a prêté Janine. Elle laisse de côté tous les livres qu'elle a commencés simultanément et qui parsèment la maison, et partage son temps entre les loups sur papier et les loups à l'écran, en s'endormant sur des documentaires animaliers obscurs disponibles sur Youtube. Sans se l'avouer, elle a envie de sortir et d'arpenter les bois, d'aller y imaginer la présence du prédateur. Elle ne pense pas le voir, elle veut juste se le représenter. Elle est fébrile et, le soir, quand elle sort appeler Tonnerre pour la faire rentrer, elle regarde autour d'elle, en imaginant qu'il est peut-être là, pas très loin, peut-être même qu'il l'observe, qu'il la sent, c'est improbable mais elle s'en fout, elle a envie d'y croire et ça lui suffit. Sur le comptoir de la cuisine trône un paquet éventré, qui vient de la librairie parisienne. À l'intérieur, *Les Huit Montagnes* de Paolo Cognetti, un livre de poche, court, qui a l'air de parler de la montagne comme refuge, comme personnage principal, comme lieu de fuite. Elle n'a aucun souvenir de l'avoir commandé et trouve ça drôle, très à propos cette erreur d'envoi. Elle l'a reçu la veille, et n'y a pas pensé davantage, jetant machinalement le carton et les papiers qui vont avec, l'esprit ailleurs.

Toute la semaine elle dort comme une masse, le sommeil rempli de canines blanches luisantes et rassurantes.

Quand elle retourne chez Janine la semaine suivante, elle lui redépose le livre et mille questions lui brûlent les lèvres.

– Mais toi t'en penses quoi alors du loup ?

– Comment ça ce que j'en pense ? J'ai rien à en penser moi. On peut rêvasser dessus, le problème ici c'est pas le loup c'est l'ours.

– Pourquoi c'est un problème ?

– Oh dis, tu m'emmerdes, tu sais très bien de quoi je parle. C'est l'ours qui déchaîne les passions si tu préfères. Alors moi je m'intéresse au loup, c'est plus simple, personne n'est vraiment pour ou contre ici, il n'attaque pas de troupeaux, il ne terrorise pas les enfants et j'ai pas peur de me faire crever les pneus.

Janine se tait et Erin se sent tout à coup un peu stupide avec ses questions. Les années en ville lui ont fait oublier le numéro d'équilibriste qui se joue en campagne entre les gens, pour que la cohabitation se fasse sans trop de heurts. Elle a oublié qu'il est plus coûteux de faire la guerre à son voisin que de foudroyer des yeux quelqu'un dans le métro et qu'ici, les querelles peuvent prendre une ampleur envahissante. Que ce genre de questions ne se discute pas tellement entre « pro » et « anti », mais autour de problématiques concrètes, réelles, en dehors de tout fantasme. Honteuse, Erin se rend compte que de ces prédateurs, elle ne connaît que le fantasme justement. Elle se demande si c'est si mal que ça les fantasmes, c'est vrai ça, pourquoi est-ce que ça serait un si gros problème d'être convaincue qu'on devrait laisser tranquilles les grands prédateurs ?

– Erin, au lieu de ruminer comme une gamine, dis-moi, tu comptes rester tout le printemps dans le coin ? Parce que j'ai récupéré des plantons de salade et des semis de tomates, mais j'en ai trop pour moi. C'est un peu tôt mais tu peux les garder à l'intérieur pour qu'ils poussent. Si tu passes l'été ici, t'auras un petit potager comme ça.

– Je sais pas trop Janine… j'ai payé deux mois de loyer de plus, ça m'amène jusqu'à fin juin. J'ai le chômage jusqu'à septembre, mais après… faudrait trouver du travail. Je sais pas si je reste, si je rentre, et puis si je rentre je rentre où… Tu sais, j'ai pas vraiment quelque chose qui m'attend là-bas.

– Je vais te dire Erin, des fois on croit que rien ne nous attend et on est surpris. Je sais pas trop ce que t'es venue faire ici, mais mon idée c'est que c'est un gars que t'es venue fuir, celui que t'as mentionné l'autre jour. Et ce gars, la ville lui appartient pas. Tu marches, tu marches, mais ça y est t'as vu que tes jambes pouvaient te porter, t'as vu que t'étais solide, t'as plus besoin de te cacher hein. Moi je m'en fiche, je serais contente hein si t'étais dans le coin encore un moment, même si je saurais plus trop où mettre tes plumes et tes cailloux. Mais réfléchis bien, t'as encore envie d'être invisible combien de temps ?

Erin ne sait pas quoi répondre. Elle sait que Janine touche juste. Elle ne peut pas continuer comme ça, à ne rien faire d'autre que marcher, courir, pour se prouver qu'elle est forte, toujours plus forte. Mais elle a encore envie de repousser le moment où elle va devoir sortir d'ici, se montrer au monde, elle ne se sent pas encore tout à fait redressée.

– T'es déjà allée à la Pique d'Endron toi Janine ?

Janine soupire, agacée par les changements de sujet intempestifs d'Erin.

– Oui, oui, j'y suis allée, mais il y a longtemps. Tu veux savoir quoi ?

*

Le lendemain matin à l'aube, Erin est déjà prête. Elle rajoute dans son sac jumelles et appareil photo et s'engouffre dans sa voiture. Le parking pour monter à la Pique est désert comme l'avait prédit Janine et le ciel est dégagé. Elle hésite à lâcher Tonnerre dès le début mais la présence hypothétique de troupeaux la fait renoncer. La montée commence doucement, sur une large piste dont la terre n'a pas encore été réchauffée par le soleil. Erin se souvient que les brebis ne sortent qu'à partir de juin en estive et lâche Tonnerre, puis elle bifurque sur un sentier plus étroit. Moins d'une heure après le début de la marche, elle commence à ralentir le pas. La montée est raide, elle doit faire un effort pour ne pas s'essouffler. Grâce à sa montre, elle sait qu'il lui reste encore six-cents mètres de dénivelé en deux kilomètres et tandis que Tonnerre court sans hésitation pour renifler tous les buissons aux alentours, Erin mesure chacun de ses pas. Les plateaux qu'elle aperçoit au loin depuis le sentier semblent se réchauffer petit à petit avec le soleil et elle s'autorise une pause pour admirer l'étang Bleu de l'autre côté de la vallée. Est-ce que le loup parcourt ces crêtes ? Est-ce qu'il boit dans l'étang, course les isards en attendant de former sa famille ? Est-ce qu'il se sent seul au milieu de tout ce territoire immense qu'aucune meute n'a encore revendiqué ? Est-ce qu'il regrette d'avoir parcouru tous ces kilomètres loin des Alpes, loin des femelles avec qui il pourrait chasser et procréer ?

Quand elle débouche sur la crête rocailleuse, la vue l'arrête en plein élan. Tous les sommets des alentours sont visibles les uns à côté des autres, l'étang de Gnioure est encore gelé, les arêtes saillantes de la Pique d'Endron ressortent à travers les nuages. Il reste à gravir la crête couverte de neige. Erin sort ses bâtons et s'élance sur la sente plate, heureuse de faire une pause dans la montée. Les rochers sont de plus en plus nombreux et Erin doit poser les mains, se hisser, comme sur des blocs miniatures, tout en évitant les endroits trop enneigés. Son cœur bat plus vite, elle sent qu'elle n'est pas très assurée mais Janine lui a dit qu'à cette époque ça devrait être faisable, même sans crampons, et l'arête est couverte de traces de pas. Elle jette un œil sur son poignet pour vérifier le nombre de kilomètres restants, et se demande un instant si l'arête va poser un problème pour Tonnerre, si elle va devoir la porter. Elle a à peine le temps de se retourner qu'elle voit la chienne sauter joyeusement sur les rochers pour la dépasser et avancer vers le sommet. Essoufflée, Erin aperçoit enfin un petit cercle de pierres avec au centre une plaque en ardoise. *La Pique d'Endron, 2 472 m.* Le sommet est plus au sud, et la neige a fondu par endroits. Elle pose son sac au sec, fatiguée mais heureuse, et sent son rythme cardiaque ralentir, ce que sa montre confirme. Elle regarde autour d'elle, d'ici elle aperçoit mieux les deux étangs alimentés par une cascade, et la crête qui les sépare. L'étang d'Izourt, plus au sud, est entièrement dégelé et la couleur de son eau change en fonction du passage des nuages, oscillant à chaque bourrasque entre bleu nuit et vert émeraude. Elle est seule en haut, Tonnerre est couchée à ses pieds, attendant son saucisson bien mérité. D'un coup, la chienne se relève en grognant. À peine en dessous d'elles, survolant le versant, un vautour fauve plane, ses immenses ailes bicolores déployées. Erin n'en a jamais vu d'aussi près, elle scrute autour d'elle pour voir où est le reste du groupe, les vautours sont rarement seuls, et elle en aperçoit un autre, deux, trois, cinq qui traversent les nuages et réapparaissent. Elle a envie de pleurer. *Personne ne me privera plus jamais de ces endroits-là.* Elle se sent immense tout en haut, elle a l'impression que son corps se déploie avec la vision des vallées voisines, des étangs d'altitude, le Valier qu'elle devine plus qu'elle ne l'aperçoit. Elle ferme les yeux et laisse le soleil la réchauffer, laisse la lumière filtrer à travers ses paupières.

Quand elle décide de redescendre, son cœur est plus léger. Elle esquisse quelques pas de course pour rattraper Tonnerre, elle court sur la fin de la crête et le sentiment d'être seule au monde devient soudain le plus beau sentiment qui soit. Elle arrive à sa voiture moins de deux heures plus tard, sort une gamelle en plastique qu'elle remplit d'eau pour que Tonnerre puisse se désaltérer et elle enlève ses chaussures de montagne. La lumière commence à baisser et Erin sort son téléphone pour garder un souvenir de cette journée. Sans réfléchir, elle cherche dans son répertoire le numéro de son ancienne voisine, Aria, et lui envoie la photo des cimes qui deviennent orangées, de l'immensité devant elle. Puis, sans attendre la réponse, elle rassemble toutes ses affaires et démarre.

À la sortie du virage, juste avant la ligne droite qui l'amène chez elle, il y a un cerf sur le bas-côté qui la fixe. Il ne bouge pas, il a arrêté de manger et ne s'enfuit pas. Il ne fait pas tout à fait nuit et elle est seule sur la route, elle freine pour passer au ralenti, comme hypnotisée par cette rencontre. La voiture fait une embardée, elle lâche le cerf du regard pour se concentrer sur la route. Incapable de scruter le rétroviseur de peur de finir dans le fossé, elle se demande si elle a rêvé. C'était un jeune, il lui semble. Ses bois étaient en pleine pousse, elle l'a vu car ils étaient recouverts de velours, qui tombera comme chaque année à force d'être frotté contre les arbres, à la fin de l'été. Elle n'en revient pas qu'il n'ait pas bougé en voyant ses phares. Elle n'avait jamais vu de cerf pendant toutes ses années d'enfance passées dans sa vallée, beaucoup de chevreuils mais jamais un animal plus imposant. La route défile autour d'elle en silence mais elle ne parvient pas à chasser cette image, elle a l'impression que la nature lui a fait un cadeau qu'elle gardera longtemps, qu'elle lui signifie qu'enfin, Erin a appris à regarder. Le soir, quand elle se couche, elle relit la réponse d'Aria. Elle relit les trois mots qui s'affichent, *tu me manques*, elle se sent rougir. Mais en fermant les yeux avant de s'endormir, c'est au cerf qu'elle repense, à son regard. Pour une fois, elle se sent privilégiée.

17

Le soleil n'est pas encore levé quand Erin est réveillée par des miaulements aigus qui viennent du salon. Elle a laissé rentrer Idéfix tard hier soir et il a sûrement envie de sortir. Erin se frotte les yeux en grognant, elle a perdu l'habitude de se lever à cette heure.

– Ça va, ça va, j'arrive !

Elle ne trouve personne en ouvrant la porte et se demande d'où le chat miaule. Elle aperçoit l'armoire de l'entrée entrouverte et, encore endormie, elle l'ouvre. En baissant les yeux, elle sent une décharge d'endorphines jusque dans ses veines. Comment est-ce qu'elle avait pu passer à côté de ça… Comment est-ce qu'elle avait pu penser à un trop-plein de croquettes ? Sous ses yeux, Idéfix miaule, alors que trois minuscules chatons se collent contre elle, une tricolore – un chat tricolore est toujours une chatte, ça Erin le savait – et deux noir et blanc au sexe non identifié, yeux fermés, le poil humide. Erin se baisse à la hauteur de la chatte, elle lui caresse la tête, la félicite. Elle a envie de crier de joie, de partager ça avec le monde entier, mais il n'y a personne autour d'elle. Tonnerre s'approche pour renifler, Erin l'observe pour être sûre qu'elle n'effraie pas la chatte, *doucement, doucement, voilà.* Mais la chienne a senti, elle est au ralenti, elle regarde les trois chatons, puis Erin, puis les chatons, renifle encore et se couche au pied de l'armoire, le museau entre ses pattes. Erin attrape son téléphone, prend une photo et l'envoie à sa mère, pour lui annoncer la nouvelle. Elle a toujours aimé les chats, qui le lui rendaient bien. Erin est incapable de compter combien de chattes enceintes et sauvages ont soudainement décidé de mettre bas dans l'armoire à linge de sa mère. Elles se faufilaient le moment venu, grimpaient au fond, se créaient un nid douillet au milieu des taies d'oreillers et donnaient naissance là, au chaud. Elles redevenaient souvent farouches ensuite et les petits ne restaient pas forcément dans le coin, au grand désarroi d'Erin. Quand elle y arrivait, sa mère attrapait la chatte et profitait de ce moment de proximité pour l'amener chez le vétérinaire se faire stériliser. Ça veut dire qu'on n'aura plus de chatons ? demandait Erin anxieuse. Ça veut dire qu'on n'en aura pas partout, chassant les oiseaux lui répondait sa mère. *Les chatons deviennent adultes, et après qui s'en occupe ? Toi ?* Erin aimait bien l'idée d'avoir des chats partout. Elle avait hoché la tête, mais s'était promis qu'une fois grande, adulte, elle aurait une maison remplie de chats.

En regardant Idéfix et ses trois chatons, elle est plus contrariée. Elle a commencé à nourrir la chatte, à l'habituer. Si elle part fin juin, elle ne pourra pas la prendre avec elle. Son cœur se serre en entendant Idéfix ronronner. Merde. Elle n'a pas tellement réfléchi à cette histoire de chat. Il va bien falloir qu'elle garde les trois chatons et la chatte au moins pendant trois mois, le temps qu'ils puissent être adoptés. Ça l'amène début août. Erin secoue la tête. Elle ne va pas penser à ça maintenant. Soudain elle a une idée pour les chatons. Dans quelques heures, quand Janine sera levée, elle l'appellera pour lui demander si elle veut passer demain prendre un thé. Elle lui dira qu'elle a une surprise pour elle. Janine a besoin de vie autour d'elle, de bousculements, et deux chatons maladroits seraient probablement un bon début.

*

Le soir, Erin veille tard les chatons et leur mère. Elle a passé la journée à faire semblant de s'occuper et elle n'arrive pas à se concentrer sur son livre, attentive au moindre bruit, au moindre signal qu'un truc pourrait clocher. Elle espère que demain, Janine les examinera et la rassurera. En attendant, elle a du mal à les quitter, comme si elle n'était pas sûre de les retrouver en se réveillant le lendemain, comme si l'instant était trop précieux et qu'on allait le lui reprendre immédiatement.

En allant se coucher, elle remarque une araignée qui s'immobilise en sentant sa présence dans la pièce. Elle est grande, presque transparente, une faucheuse dont on distingue peu les longues pattes qui la tiennent suspendue. Plus jeune, Erin était terrorisée par les araignées. La maison en était remplie, elle vérifiait toujours sous son oreiller, sous sa couette, dans sa serviette de bain pour déloger les éventuelles intruses. Elle s'était fait mordre une fois de manière spectaculaire, en roulant dans son sommeil sur une araignée. Elle s'était réveillée le matin avec un cadavre dans le lit et une grosse boursouflure qui avait empiré d'heure en heure. La morsure avait laissé d'énormes traces violettes sur sa jambe, à tel point que la pharmacienne n'avait pu étouffer un cri en voyant l'hématome sur la cuisse d'Erin. Petite, elle était persuadée que les araignées se vengeaient si elle en tuait une, alors elle les suppliait avant de dormir, elle s'adressait à chacune des toiles habitées au-dessus de son lit pour les rassurer et leur demander une nuit de clémence de plus. Elle avait quitté avec bonheur les araignées en emménageant en ville mais avait appris plus tard que leur absence dans un appartement était due à la pollution, et qu'il était bon signe d'en trouver une dans la salle de bain. Sa phobie s'était transformée en inconfort au fil des années, elle ne leur parlait plus mais trouvait toujours quelqu'un pour s'en débarrasser à sa place.

En arrivant ici, elle en avait découvert plein. Mais pour la première fois elle n'avait pas sorti l'aspirateur, se sentant intruse, pas tout à fait chez elle. De toute façon elle était bien trop fatiguée pour lutter. Une des premières nuits, alors qu'elle essayait de dormir, un insecte lui avait volé dessus et elle avait pris peur dans le noir. Elle avait agité ses bras en pestant et en essayant d'allumer la lumière. Au début, en scrutant les murs, elle n'avait pas trouvé le coupable. Mais en baissant son regard, elle était tombée sur une toile d'araignée à quelques centimètres de son lit. En s'approchant, elle s'était aperçue qu'en agitant les bras, elle avait dû envoyer l'insecte dans la toile, dont la propriétaire se faisait désormais une joie d'enrober l'intrus pour un futur repas. Erin avait été fascinée par la rapidité avec laquelle l'araignée se mouvait sur sa toile. Elle s'était rendormie rassurée. Depuis cette nuit, elle cohabitait plus ou moins paisiblement avec les araignées. Elle ne les tue plus, et quand la crainte se fait trop forte, elle ferme les yeux en tentant de se remémorer leur utilité.

Sous la couette, Erin s'endort rapidement, la tête remplie de la vision des chatons, de leurs paupières encore fermées, de leurs mouvements encore malhabiles, mais elle se réveille en pleine nuit, le souffle coupé. Elle a rêvé qu'elle était enfermée dans une voiture avec un homme, qu'elle ouvrait la fenêtre et qu'elle demandait de l'aide, à haute voix, fort. Elle s'est réveillée au moment où une femme s'approchait pour ouvrir la portière. La maison est calme, elle entend la chouette qui se déplace sur la charpente et le bruit du frigo. Elle a envie de se lever, pour faire partir le cauchemar. Elle enfile un pull, va se chercher un verre d'eau et jette un œil par la porte entrouverte de l'armoire. Les trois chatons dorment profondément et Idéfix la regarde, fatiguée. Erin en profite pour lui caresser la tête et lui murmurer quelques mots d'encouragement. Au lieu de retourner se coucher, elle a envie de sentir la nuit. Elle tourne la poignée, s'aperçoit qu'elle a oublié de la verrouiller en se couchant. L'air est frais et le ciel entièrement dégagé. La nuit est claire, la pleine lune devrait arriver dans quelques jours et Erin distingue la Grande Ourse, la seule constellation qu'elle sait identifier. Elle sent un museau sur ses mollets, Tonnerre vient voir ce qu'elle fait debout en pleine nuit. Erin s'assoit sur le sol, sent la morsure du froid sur ses fesses, et prend la chienne dans ses bras pour lui glisser en chuchotant, *peut-être qu'on va réussir à s'en sortir Tonnerre.*

18

Les rayons de soleil de la fin d'après-midi transpercent la fenêtre du salon et viennent réchauffer le sol. À cette époque de l'année, la maison d'Erin est juste assez haut dans la vallée pour pouvoir profiter du soleil jusqu'à 17 h 30, avant qu'il disparaisse derrière les montagnes. D'habitude Idéfix, qu'elle devrait probablement renommer, traîne dans le triangle brûlant que forment les rayons près de la vitre mais Erin ne la voit nulle part. Maintenant que les chatons ont les yeux ouverts, la chatte prend quelques heures de vacances par jour et s'échappe entre les tétées comme Janine l'avait prédit. Les petits commencent à sortir de l'armoire, maladroitement. Ils explorent la maison centimètre après centimètre, tombant d'un côté ou de l'autre à cause d'une marche un peu trop haute, d'un sol irrégulier, ou encore de vicieuses adversités : un courant d'air, Tonnerre tournant trop près d'eux d'un air très concentré, une mouche trop vindicative. Erin documente leurs progrès et envoie des vidéos quotidiennes à sa mère, pas toujours intéressée mais ravie d'avoir un prétexte pour parler à sa fille plus souvent.

Interrompue dans sa lecture par Tonnerre qui gratte à la porte, Erin se lève pour lui ouvrir et en profite pour laisser la porte ouverte, au cas où la chatte voudrait rentrer. Mais au moment où elle se rassoit, elle entend la chienne aboyer comme une folle, depuis un endroit qu'elle n'arrive pas à voir. Intriguée, elle met des chaussures et sort, essayant de la localiser.

– Tonnerre ! Tonnerre ! Viens ici !

La chienne débarque en courant, tourne autour d'Erin et repart de plus belle en aboyant, en direction de la route qui longe la maison plus haut. Sentant sa gorge se serrer, Erin s'approche et voit une silhouette sombre sur l'asphalte. Elle sent une coulée de sueur glacée descendre le long de son dos, sa tête est vide, ses mains fourmillent, elle se dit qu'une voiture a dû écraser un hérisson, une martre, un oiseau. Elle accélère, attrape Tonnerre par le collier et se rapproche du bord de la route.

Elle n'y croit pas.

Elle s'accroupit et tend la main, pour caresser la fourrure noire tiède. Son regard évite de se poser sur la tête, salement amochée. Sans réfléchir, elle soulève Idéfix avec précaution, le corps est déjà rigide et son sang a taché le bitume. Elle ne sait pas ce qu'elle va faire mais elle ne veut pas la laisser là, pas sur la route. Tout se mélange dans sa tête, Tonnerre continue à aboyer et Erin n'arrive pas à la rassurer, elle veut juste mettre la chatte à l'abri, elle veut vérifier que c'est bien elle, qu'elle est bien morte. Ses gestes sont mécaniques, elle imagine sentir une respiration, *peut-être qu'elle peut encore la soigner*. Quand elle arrive devant la maison, elle dépose le corps près du grand pin qu'Idéfix aimait bien et sent qu'elle va défaillir.

*

Au téléphone, Janine ne comprend pas la moitié des phrases d'Erin, qui ne parvient pas à articuler. Les sanglots lui échappent, elle ne contrôle plus rien, elle hurle au téléphone mais ses mots sont avalés par des hoquets.

– Je comprends rien Erin, écoute, j'arrive.

Erin se laisse tomber le long du mur, sans s'arrêter de pleurer. Elle crie, parce qu'elle lâche prise, parce qu'elle ne peut plus rien ravaler. Elle n'est pas sûre de l'origine des sanglots mais ils se déversent douloureusement sur ses joues comme de l'acide, et elle comprend qu'à cet instant, la digue a cédé.

*

Lorsque Janine arrive, Erin est toujours au sol, Tonnerre allongée à ses côtés. Janine s'accroupit difficilement près d'Erin, elle lui parle doucement, comme à une enfant, elle chuchote, elle lui demande d'expliquer ce qui s'est passé et finit par comprendre l'accident. Elle jette un coup d'œil vers le pin, aperçoit le corps, réprime un frisson. Elle lui caresse la tête, les cheveux, elle lui essuie les larmes et, maladroitement, elle la prend dans ses bras, elle lui frotte le dos, elle sort des mouchoirs. Sans vraiment comprendre, elle écoute Erin lui dire qu'elle n'en peut plus, qu'elle voudrait arrêter. Qu'elle voudrait ne plus avoir à se battre. Lui dire la fatigue, la douleur, lui souffler qu'elle voudrait dormir, longtemps. Janine la laisse souffler, il faut qu'Erin vide tout ça, qu'elle purge la douleur, elle sait d'expérience que ça ne sert à rien d'essayer de la calmer tout de suite. Que si c'est maintenant que ça sort, il ne faut surtout pas reconstruire un barrage.

Après quelques minutes, en silence, elle soulève Erin et l'amène lentement dans sa chambre. Sans un mot, elle l'aide à se mettre au lit, remonte la couette et ferme délicatement la porte.

Janine regarde autour d'elle, un peu secouée, et décide de remplir la gamelle de Tonnerre, vide depuis ce matin. En avançant dans la cuisine, elle entend des miaulements étouffés, paniqués, et entrouvre la porte de l'armoire du salon. Elle soupire en voyant les trois minuscules chatons qui hurlent, affamés, effrayés par les cris, serrés les uns contre les autres. Eux, ils ont intérêt à survivre.

– Allez, allez, ça va aller. Je vais vous trouver quelque chose, bougez pas.

Elle referme la porte de l'armoire et fouille dans les placards de la cuisine, sans trouver ce qu'elle voudrait. Elle regarde l'heure, elle a juste le temps d'aller au supermarché.

*

Erin entend la porte de la maison se fermer. Elle a l'impression que sa peau va craquer, que son cœur est écartelé. Tonnerre n'a pas bougé du lit, elle la regarde inquiète. Erin voudrait juste fermer les yeux. En se retournant, elle aperçoit le Xanax sur sa table de nuit, la boîte n'a pas encore été ouverte, elle était indécise. Elle sort la plaquette et, sans hésiter, en avale deux comprimés. Elle n'arrive pas à arrêter de trembler, elle est étonnée du bruit qu'elle produit quand ses larmes ne sont plus silencieuses, quand elle ne censure plus rien. Au fur et à mesure que les molécules de l'anxiolytique se diffusent dans son corps, elle sent qu'elle se calme, que ses muscles se détendent et la douleur qu'elle ressentait fait place à une immense fatigue. L'angoisse dissipée, ses yeux se ferment enfin et elle s'endort, les mains enfouies dans la fourrure de sa chienne.

*

Au retour de Janine, les pleurs se sont calmés et la maison est silencieuse. Elle sort un bol du placard et y verse le lait pour chaton qu'elle est allée acheter. Quand elle entrouvre l'armoire, les miaulements reprennent de plus belle.

– Oui, oui, voilà, j'arrive, allez, il faut manger.

Elle en profite pour les examiner. Ils sont un peu plus réveillés que lorsqu'elle les avait vus à la naissance, leurs yeux sont grand ouverts. Janine sent qu'elle pourrait craquer, et secoue la tête. De toute façon, pour le moment c'est trop tôt pour les séparer. Les deux noir et blanc se précipitent maladroitement vers le bol et tournent autour, pendant que la troisième peine à se lever. Janine la pousse gentiment de la main, puis l'attrape et la dépose plus près.

– Allez !

Elle dépose quelques gouttes de lait sur son doigt et le rapproche du museau de la plus petite, qui finit par se mettre sur ses pattes et par s'approcher du bol. Mais aucun des trois ne lape et ils la regardent désemparés. Janine soupire. C'est ce qu'elle craignait, elle va devoir utiliser un biberon, heureusement qu'elle a prévu le coup. En se redressant, son regard se pose sur le pin dehors et sur la boule de fourrure raide à son pied. Il va falloir faire vite, sinon le corps va être attaqué. Après avoir rempli une seringue sans aiguille et nourri la portée, elle sort, fait le tour du jardin, et trouve une vieille pioche dans la remise derrière la maison.

Lentement mais avec assurance, Janine creuse un trou près du pin pour y déposer le corps, elle transpire mais elle continue, il faut aller profond et finir ce soir, avant que les insectes, les oiseaux et le renard ne s'y attellent. Elle calcule en même temps dans sa tête, les chatons ne sont pas sevrés mais ils devraient s'en sortir, ils ont trois semaines, quatre tout au plus, il faudra les surveiller mais ça devrait aller. Elle est plus inquiète pour Erin, elle a bien vu que c'était autre chose, une tristesse ancienne, des chagrins successifs jamais évacués. Elle va lui faire à manger, c'est sans doute tout ce qu'elle peut faire pour le moment, ça et s'assurer que ces maudits chatons vivent encore un peu.

19

Étendue sur son lit, Erin n'arrive pas à bouger ni à se lever. Des sanglots agitent ses épaules et leur bruit résonne dans toute la maison. La douleur est plus forte, plus profonde, plus aiguë que toutes les douleurs qu'elle a traversées auparavant. Tonnerre est montée sur le lit, qui lui est désormais autorisé, et reste silencieuse. Erin a l'impression d'être punie par une force inconnue, que l'univers conspire pour l'empêcher de sortir la tête de l'eau. Elle ne sait plus imaginer le monde autrement, autrement que rempli d'ennemis cherchant à lui nuire, cherchant à briser les liens qu'elle crée, oubliant dans la foulée ceux qui tiennent bon, ceux qui restent.

Elle avait essuyé de nombreux deuils depuis qu'elle était petite, les enterrements lui étaient familiers. La mort avait rôdé de très près à plusieurs reprises et Erin l'accueillait d'habitude avec fatalité, honteusement fière d'y être préparée, immunisée. Mais le corps de la chatte immobile au milieu de la route la renvoie à quelque chose de plus archaïque, à la permanence de l'absence, la brutalité d'une disparition, ce moment précis où la vie s'évanouit. Cette mort la ramène à l'enfance, elle sanglote dans son lit comme une petite fille inconsolable, comme quelqu'un qui a oublié de grandir, quelqu'un qui découvre la proximité insoutenable de la mort, aléatoire, non prévisible, que le quotidien nous fait d'ordinaire oublier. Personne ne pourrait se lever le matin si on se disait qu'à chaque instant les êtres aimés peuvent disparaître. Erin pleure de ne pas contrôler la mort, elle pleure sans logique, comme si finalement c'était ça l'épreuve de sa vie, la mort d'un chat tout juste rencontré. Comme si le reste n'avait jamais existé. Comme si c'était la goutte d'eau dans un vase trop rempli.

Elle pleure comme si elle avait perdu un être cher. À chaque pensée qui surgit, elle grimace, sans trouver d'endroit de réconfort. Elle cherche un sens, une raison, un signe. Quelque chose qui expliquerait pourquoi les choses arrivent comme elles arrivent. Elle pleure les chatons orphelins, elle pleure la nature qu'elle fantasmait enchantée, Paris et sa vingtaine dont elle refuse de faire le deuil. Elle pleure la mémoire qui revient. La mémoire enfouie, celle qui s'est recroquevillée au fond, enfermée à double tour, la mémoire imprimée dans la chair, celle silencieuse qui la façonne, celle qu'elle oublie, qu'elle essaie d'effacer.

Celle qui se rappelle à elle.

*

Pendant quelques jours, elle abandonne. Elle refuse de sortir du lit, restant seule avec ses souvenirs. Elle les triture, les observe, examine leur crédibilité. Elle jauge les images qui restent, celles qui surgissent sans crier gare, elle les soupèse sans se résoudre à prendre ces souvenirs pour ce qu'ils sont : partiaux, subjectifs, soumis à évolution, à la déformation de son cerveau, mais néanmoins une marque du passé qui lui appartient, qui fait partie d'elle.

Janine vient en grommelant apporter plats chauds et tisane, sortir Tonnerre et nourrir les chatons. Janis, Bette et Jim la suivent partout : dès qu'elle rentre dans la maison, quand elle lit son journal au soleil, quand elle sort les casseroles du placard pour cuisiner quelque chose. Elle les gronde, s'agace à chaque bêtise, dit tout haut qu'elle ne va pas tenir longtemps à s'en occuper comme ça, mais ses reproches restent sans réponse. Chaque tasse de verveine fumante déposée sur la table de nuit est l'occasion de dire à Erin qu'elle n'a pas que ça à faire. Mais tous les matins, jour après jour, elle revient, pas tout à fait décidée à abandonner.

– Erin demain je dois aller à Foix, j'ai des trucs à faire que je ne peux pas repousser. Il faut que tu te lèves et que tu les nourrisses, je ne peux pas venir avant la fin d'après-midi. Tu m'écoutes ? Erin, tu m'entends, ils ont besoin que tu le fasses.

Janine essaie de capter son regard en posant brusquement l'assiette du repas du soir, composée des restes de midi qu'Erin n'a pas voulu manger.

– Mmmm.

Janine soupire. Elle est inquiète, même si elle refuse de l'avouer à haute voix, et a un pincement au cœur quand elle prend sa voiture pour rentrer chez elle, après avoir caressé une dernière fois les trois chatons. Elle espère que cette histoire ne va pas trop durer, ça lui perturbe sa routine de venir tous les jours, elle espère qu'Erin va retrouver un instinct de vie quelque part en elle, quelque chose pour la retenir à la surface, dans le monde des vivants.

*

Erin est soulagée du départ de Janine. L'entendre chaque matin donner le biberon aux chatons lui serre le ventre, mais pas assez pour qu'elle se lève. Elle évite son contact, remonte la couette quand la porte de sa chambre s'entrouvre, se retient d'aller aux toilettes si elle l'entend dans la cuisine, profitant des moments où Janine est dehors pour sortir furtivement du lit moite et revenir se glisser dans les draps quelques minutes plus tard. À chaque fois, elle élude du regard le tapis de poils de chien qui s'est formé sur le côté, là où Tonnerre se roule en boule la nuit et une partie de l'après-midi. Même sale, ce lit lui semble plus sécurisant que l'extérieur. Elle ne sent pas son estomac gargouiller de faim, comptant sur les litres de verveine avalés chaque jour pour le remplir. Elle n'a plus envie de tenir bon, plus envie de sourire ni de s'endurcir. La colère disparue, une immense lassitude a pris place à l'intérieur d'elle. Son corps s'est ramolli, ses yeux ne peuvent pas lire, irrités par des larmes qui ne coulent plus. Épuisée, Erin est dans un état second, son sommeil est agité par des rêves peuplés de cadavres félins et de sanglots déchirants. Son téléphone, déchargé, traîne dans le salon quelque part et elle n'ose pas se lever pour aller le chercher, stressée à l'idée que Janine interprète ça comme un signe positif, un signe qu'elle va mieux, que la vie peut reprendre comme avant.

*

Le soleil a déjà rempli sa chambre quand Erin est réveillée par Tonnerre qui la pousse du museau. Elle met quelques secondes à réaliser que Janine n'est pas venue ce matin. Elle compte dans sa tête, ça fait quatre jours qu'elle est au lit. Elle regarde sa montre posée sur sa table de chevet, s'aperçoit qu'il est tôt pour elle mais tard pour la chienne. Tonnerre agite la queue, couine. Elle met sa patte sur le lit en regardant Erin avec espoir. Elle couine encore, mordille la couverture et saute. Erin soupire. Elle se rend compte qu'elle a faim. Vraiment faim. En se levant, sa tête tourne et ses pas sont hésitants. Elle s'approche de la porte d'entrée pour l'ouvrir et Tonnerre s'y précipite en la bousculant. Erin se retourne vers la cuisine et se demande ce qu'elle va manger. Soudain, elle entend les miaulements. Elle voit la porte de l'armoire s'entrouvrir, une tête noire et blanche dépasser et elle sent la déprime faiblir. Elle ne peut plus les ignorer. Elle regarde autour d'elle, essaie de se rappeler ce que Janine lui a dit, le lait, la seringue, trois fois par jour. Elle trouve tout dans la cuisine, en profite pour recharger son téléphone et regarder dans le frigo s'il y a des restes qui traînent. Rien n'est très appétissant, mais elle sort tout ce qu'elle trouve, elle sait qu'elle n'est pas capable de se préparer autre chose. Elle sursaute en entendant à nouveau un des chatons noir et blanc. Il a continué d'avancer et s'approche de la table de la cuisine, toujours en miaulant.

– Oui oui pardon, j'arrive.

Elle remplit la seringue maladroitement, s'y reprend à plusieurs fois et se laisse glisser au sol. Elle ramasse le chaton et dirige la seringue vers sa bouche, pas très convaincue. Le chaton commence immédiatement à téter mais Erin met un moment à maîtriser l'arrivée du lait. Attiré par le bruit, le deuxième sort de l'armoire. Erin replonge la seringue dans le bol, déplace le premier chaton sur son autre genou et attrape le deuxième, tout aussi affamé. Elle réprime un sourire et regarde si la troisième a compris que c'était l'heure du repas. Elle pose la seringue vide, soulève doucement les deux petits pour se libérer et se lève pour ouvrir en grand la porte de l'armoire. Elle tombe sur la tricolore, qui se met à miauler en la voyant, sans bouger.

– Allez viens ! T'as pas envie de sortir du lit toi non plus ?

Pour seule réponse, elle obtient un miaulement encore plus aigu. Elle l'attrape par le cou, la pose délicatement dans la poche de son sweat et va chercher de quoi la nourrir. Les deux autres sont déjà en train de fouiller le salon et de s'amuser avec la collection de plumes d'Erin, qui n'a pas le cœur à les chasser. La tricolore a du mal à téter, elle est plus maladroite que les deux autres, Erin l'encourage, appuie lentement sur le piston et essaie de se remémorer les noms que Janine leur a donnés.

*

Janine s'est réveillée tôt, trop tôt. Elle a observé le lever de soleil près de chez elle, hésitant à passer chez Erin avant de filer à Foix mais elle ne s'y est pas résolue, elle a eu envie de fuir, au moins pour aujourd'hui, la maison remplie de tristesse. Sur la route, elle repense à ses deuils à elle, à la mort de ses parents il y a quelques années et sent sa gorge se serrer en repensant à la mort de son chien, à la solitude immense qu'elle avait éprouvée. Elle était sortie de chez le vétérinaire, était montée dans sa voiture et l'émotion l'avait saisie, elle était complètement seule désormais, elle était la seule occupante de sa maison, de sa vie. Elle a l'impression de retrouver cette faille chez Erin, elle aimerait lui dire que ça ira, qu'on s'en sort très bien mais surtout qu'elle est jeune, qu'elle a encore le temps de remplir sa vie, de retisser des milliers d'autres liens.

À la fin de sa journée, elle est pressée de rentrer, pressée d'aller vérifier que tout va bien, que la chienne a pu faire un tour dehors, que les chatons ont été nourris. Elle conduit plus vite sur le chemin du retour et prend au plus rapide, au lieu de passer par Buret et de faire une boucle comme elle fait d'habitude. Quand elle se gare devant chez Erin, elle a le souffle court, et doit prendre quelques secondes pour respirer. Elle a du mal à dire ce qui la touche autant dans la détresse d'Erin, mais elle a envie de la relever, de la secouer. Elle sursaute en entendant Tonnerre bondir sur la vitre de la voiture pour l'accueillir, laissant deux grosses traces de pattes côté conducteur. La chienne est sortie, c'est bon signe.

Elle frappe à la porte, et comme personne ne répond, elle entre sans faire de bruit. Sur le canapé du salon, Erin dort. Au creux de son ventre, les trois chatons sont blottis, profondément endormis eux aussi. L'assiette d'hier est dans l'évier, vide, et les gamelles ont été remplies. La grosse seringue est posée sur la table, au milieu de quelques gouttes de lait. Janine s'approche d'Erin et lui secoue gentiment l'épaule pour la réveiller.

– Viens, je voudrais te montrer quelque chose.

Erin grogne, s'étire, râle, mais finit par déposer les chatons sur le canapé et se lever. Elle enfile un vieux pull et suis Janine jusqu'à sa voiture en traînant les pieds.

– Allez, monte, on va pas loin, ça va te changer les idées.

Janine conduit tranquillement en s'éloignant du village. La route serpente, grimpe et Erin fixe le paysage qui défile devant elle. Les derniers rayons de soleil colorent les arbres et les prés d'une teinte dorée, et l'air vif s'engouffre par la fenêtre, emmêlant ses cheveux. Elle a l'impression de mieux respirer, que son corps se réveille au contact de la fraîcheur. Elle pense au jour de son arrivée en novembre, au paysage si différent, si automnal. Elle se revoit au volant de la voiture de location, quand elle avait fait cette route en sens inverse, pour la première fois, elle se revoit, elle, et se demande ce qui a changé, ce qui s'est modifié.

La voiture s'arrête sur le parking de l'auberge de la Sapinière, alors que les derniers promeneurs sont en train de ranger leurs affaires et de fermer leur coffre. Quelques clients profitent de la terrasse de l'auberge pour apprécier la vue, mais Janine l'emmène un peu plus loin, au fond du parking, vers le banc qui fait face aux montagnes désormais presque orange. Tonnerre court partout, ravie de prendre l'air. Elle renifle tout ce qu'elle peut en faisant des allers-retours pour vérifier qu'Erin est toujours là, qu'elle ne l'a pas abandonnée quelque part. Elles s'assoient sur le banc, Erin est contente d'avoir apporté un pull, l'air du soir s'est rafraîchi. En fixant les montagnes, les yeux d'Erin s'embrument.

– Dis-moi Erin, pourquoi t'es venue t'installer ici ?

Erin prend son temps pour répondre.

– J'avais besoin d'être seule, j'avais besoin de vérifier que j'étais toujours vivante je crois. J'avais besoin de ne plus me sentir invisible.

Janine la regarde, l'encourageant silencieusement à continuer. Erin prend une grande respiration, et elle se met à raconter. À raconter comme elle ne l'a jamais fait, à dire les détails, ceux dont elle a honte et ceux qu'elle a peur d'oublier, elle n'omet rien, ni les stratégies qu'elle a mises en place et qui la mortifient encore aujourd'hui, ni les mensonges qu'elle s'est racontés. Elle déballe le pire comme le meilleur, ses mesquineries à elle et sa violence à lui. Tout son corps tremble, mais elle parle sans s'arrêter, sans regarder Janine, redoutant de lire sur son visage quelque chose qui l'arrête en plein élan. Elle s'entend raconter à haute voix la sécurité qu'elle cherchait, les garçons de son adolescence qui l'ont fait grandir trop vite, l'épuisement à vouloir relever la tête, à vouloir être heureuse, à toujours penser faire les mauvais choix. Quand elle redevient enfin silencieuse, elle est presque essoufflée d'avoir trop parlé.

Maladroitement, Janine attrape son bras et le serre.

– Je suis désolée pour toi Erin, mais t'as fait du mieux que t'as pu je crois.

Erin ne sait pas quoi répondre, elle cherche un mouchoir dans ses poches pour se donner une contenance. Un éclair d'agacement la traverse, elle voudrait être réconfortée, plainte, cajolée, elle voudrait être sûre que Janine a entendu, qu'elle a enregistré tout ce qu'elle vient de dire. Puis elle se reprend, se secoue mentalement, *laisse une chance aux gens*.

– Tu connais le mythe de Sisyphe, Erin, non ? Le rocher qui dégringole de la montagne et qu'il faut remonter, encore et encore ? La vie c'est ça. C'est une suite de remontées et de dégringolades, de refuges au milieu qui redonnent de la force, de désespoir quand on voit la pierre rouler à toute vitesse vers le bas, qu'elle nous échappe des mains et qu'on ne peut rien faire. Des deuils il y en aura d'autres, beaucoup d'autres, et dans ta vie tu vas pousser cette pierre encore souvent. Des fois, sur le côté, il y aura des gens pour t'encourager, mais tu seras toujours seule à t'arcbouter dessus, remplie d'énergie pour la rapprocher du sommet, tu hurleras encore quand elle t'échappera des mains parce que tu auras glissé, mais tu finiras par t'habituer, par apprécier la montée, par la trouver belle, sans te préoccuper du sommet.

Erin pose sa tête sur l'épaule de Janine en soupirant, elle colle sa joue sur la polaire élimée et laisse les larmes restantes être absorbées.

– Allez viens, on rentre, t'arrêtes de pleurer si je te fais à manger ?

Erin sourit. Elle appelle Tonnerre, s'accroupit pour la prendre dans ses bras, respire son odeur et se relève.

– Ça dépend, tu me fais des pâtes ?

20

Pendant le dîner, Janine déclare qu'Erin ne peut pas partir sans avoir vu Gavarnie. Ça fait loin de chez elle, mais Janine insiste, c'est pile avant l'arrivée de tous les touristes et elle a la chance de pouvoir y aller en semaine. Vu le nombre d'heures de route, elle va devoir y passer la nuit. Comme à son habitude, Erin fait des recherches, les hôtels sont trop chers pour ses économies qui se sont amenuisées au fil de tous ces mois sans autre ressource que le maigre chômage qu'elle touche. L'autre souci, c'est que les chiens sont interdits dans le Parc national, et que ça limite ce qu'elle peut faire si elle embarque Tonnerre. Janine se propose de garder la chienne et Erin est terrifiée à l'idée de dormir seule. *Tu risques rien là-bas Erin* lui dit Janine, et Erin sourit faiblement. Elle hésite.

En cette fin du mois de mai, la semaine s'annonce magnifique et Erin se dit qu'il faut tenter. Elle dépose avec regret Tonnerre chez Janine. *Tu pars pour deux nuits Erin, elle va pas t'oublier* se moque Janine et Erin rit, mais le doute persiste. Janine promet de passer jeter un œil sur les chatons. Erin n'a pas encore réussi à la convaincre mais elle espère toujours que Janine en adoptera un ou deux. De retour chez elle, elle remplit deux gamelles avec des croquettes pour chaton et du lait dilué, et elle prépare son sac, bien plus lourd que d'habitude. Elle vérifie à haute voix : le sac de couchage, l'eau et la nourriture, le réchaud et le gaz. Et la petite bombe au poivre, légère, au cas où. Ce poids inhabituel l'inquiète un peu mais elle met le tout sur le siège avant de sa voiture et elle se lance. Elle part pour plus de trois heures de route, il faut passer devant la vieille station essence de Massat, la maison médicale, longer l'Arac jusqu'à ce qu'elle se jette dans le Salat, passer Saint-Girons et aller chercher l'A64, puis passer Lannemezan, Tarbes, sortir pour dépasser Lourdes, hésiter à s'arrêter pour s'acheter un porte-clé de la Vierge Marie, renoncer, passer Luz-Saint-Sauveur et s'enfoncer dans les Hautes-Pyrénées via la D921, si sauvage. Ça lui semble fou de conduire aussi longtemps juste pour faire une randonnée. La place laissée vide par Tonnerre lui fait bizarre. En sortant de chez elle, elle jette un regard machinal à l'endroit où elle a vu le cerf, pour vérifier qu'il n'est pas venu lui dire au revoir. Elle arrive quelques heures plus tard sur le parking, pas très rempli à cette période, met son sac sur le dos, et s'élance.

Ça fait maintenant une heure et demie qu'elle marche, moins vite que d'habitude, mais sans être essoufflée. Elle s'est habituée au sac, à son poids qui se répartit sur ses hanches solides, ses épaules rougies par le frottement tiennent le choc. La vue du cirque la laisse sans voix. Elle n'a jamais vu quelque chose comme ça, si spectaculaire, si immense. Elle aperçoit quelques marmottes qui viennent de sortir, le printemps est très doux cette année et la neige a fondu à de nombreux endroits, laissant apparaître de gros carrés d'herbe mouillée et réchauffée par le soleil. Le but d'Erin est de passer une nuit au refuge des Espuguettes puis une nuit à la cabane d'Estaubé, une cabane non gardée à un peu plus de 1750 mètres d'altitude, qui lui permettra de découvrir le cirque du même nom. Le parcours n'est pas ambitieux, elle ne sait pas si son sac l'empêchera de marcher ou non. Quand elle arrive au refuge, l'après-midi est déjà bien avancée. Elle pose son sac dans la salle hiver, celle qui reste ouverte toute l'année même lorsque les gardiens ne sont pas encore arrivés. Les huit couchages sont encore vides et elle se demande si ça va rester comme ça ou si elle va avoir de la compagnie. La vue est splendide. Le refuge a été construit en hauteur, face aux sommets du cirque, enneigés. La neige est proche, il fait juste assez froid, comme elle aime. Le soleil commence à descendre et la température se rafraîchit. Erin rentre dans le refuge, sort son réchaud et commence à faire bouillir de l'eau. Elle est hypnotisée par la vue à travers les fenêtres, le coucher de soleil, elle prend plusieurs photos pour emprisonner tous ces instants à la suite, qu'il en reste une trace. Elle a l'impression de se sentir défaillir face à une lumière aussi belle, aussi douce, son cerveau a du mal à enregistrer toutes les sensations, toutes les couleurs.

Mais après le coucher de soleil, tout devient sombre. Elle va chercher sa frontale, la lune est haute et les étoiles commencent à pointer. Erin sent son ventre se tordre, cette fois d'angoisse. Elle se demande ce qu'elle fait là, seule dans un refuge fermé au milieu des montagnes. Elle trouve qu'elle est une proie idéale, elle pense à tout ce qui pourrait se passer de pire, elle respire mais elle sent monter l'angoisse. Elle ne voit pas comment elle va réussir à dormir et, fatiguée comme elle est, elle ne peut pas se payer le luxe d'une nuit blanche si elle veut continuer demain. Elle regarde l'heure, le lendemain matin lui semble si éloigné. Elle pense à la petite boîte blanche dans son sac, qu'elle a pris machinalement avec elle. Elle pourrait en prendre un, juste pour voir si ça lui fait le même effet qu'après la mort d'Idéfix. Erin hésite, puis voyant ses mains trembler elle sort sa trousse de toilettes et attrape la boîte d'anxiolytiques. Elle avale un seul comprimé en disant que ça suffira, s'emmitoufle dans son sac de couchage et prie pour que ça fonctionne rapidement. La cabane craque comme une vieille maison. Elle entend le vent qui agite quelque chose près de la fenêtre à intervalles réguliers. La lune brille tellement fort qu'Erin ouvre régulièrement les yeux pour vérifier que quelqu'un n'est pas arrivé avec sa frontale dans la cabane. C'est au moment où elle s'endort, quand tout son corps se relâche qu'elle sent que ça a marché, que l'angoisse n'est plus là. Elle dort d'un sommeil de plomb, sans rêve, sans cauchemar, et elle se réveille bien avant son alarme. À la lumière de l'aube, la cabane lui semble inoffensive, ni magique ni dangereuse. Elle remarque la poussière, les toiles d'araignée, les boîtes de conserve laissées par d'autres randonneurs sur l'étagère de l'entrée. Le lever de soleil est caché par les nuages. Le fond de l'air est tranchant, vif, son haleine teinte de blanc l'atmosphère à chaque respiration. Elle prépare son petit déjeuner, emmitouflée dans son sac de couchage, se débarbouille dehors en face des pics qui se dressent au loin. Il est juste assez tôt pour apercevoir une marmotte sortir de son terrier et des isards qui marchent sur le névé un peu plus haut. Elle l'a fait, elle a passé sa nuit en solitaire, elle est vivante. Erin se met à rire toute seule, étonnée d'elle-même.

Elle se remet en route lentement, en direction cette fois de la cabane, pour finir son tour. L'herbe est encore gelée et craque sous ses pas. Son téléphone vibre à intervalles réguliers. Elle a posté en se réveillant une photo de sa vue matinale sur Instagram. Elle reçoit des messages, la félicitant, comme à chaque fois qu'elle va randonner. Erin a un sentiment bizarre, comme un agacement qui pointe, mais qui s'adresse plutôt à elle qu'aux autres. Qu'est-ce qu'elle va chercher à vouloir toujours partager ce qu'elle voit ? Elle a fui loin mais n'arrive pas à couper entièrement. Elle se demande si ça n'est pas pour ça qu'elle a tant envie de marcher toujours plus haut, plus loin, plus vite, qu'elle aime à ce point regarder ses jambes changer, se muscler, pour avoir la preuve tangible qu'elle est devenue forte, courageuse, solide. Amèrement, elle se dit que courir toujours plus vite, toujours plus loin, est toujours plus impressionnant pour les autres qu'une rupture, et soudain, elle a honte de penser ça.

À la mort d'Idéfix, Janine lui a dit que personne ne pouvait partager sa douleur, qu'il fallait lâcher prise sur la rancœur. Erin a été piquée, mais en y réfléchissant, elle trouve ça de plus en plus vrai. Que cette quête amère et infinie de gens sur qui s'appuyer est vaine tant que ses jambes à elles ne sont pas solides. Ces derniers mois ont été ça, un apprentissage. Un chantier de consolidation, une manière de se rappeler qu'avant de compter sur les autres, il fallait qu'elle puisse compter sur elle-même. Elle secoue la tête, éteint son téléphone et le range dans son sac. Avec aisance, elle le replace sur ses épaules, en réajustant machinalement la ceinture sur son bassin. Son dos s'est habitué au poids plus rapidement qu'elle le pensait et elle repart presque légère. Elle croise très peu de monde sur le sentier qui l'amène à la cabane. La neige est de plus en plus présente, mais elle est grise, molle et Erin arrive à la passer sans problème, sans glisser. Après la première montée, elle s'arrête à la hourquette d'Alans, qui marque le passage entre le cirque de Gavarnie et le cirque d'Estaubé, émue de voir le changement de paysage aussi net au passage du col. *Putain !* Erin a les larmes qui coulent et cherche dans son sac un mouchoir.

– C'est beau hein ! Moi aussi ça m'émeut à chaque fois.

Erin se retourne, essuie les larmes en souriant et regarde la femme qui lui a parlé. Elle doit avoir la soixantaine, elle a les joues rougies par le froid et s'appuie sur deux bâtons de marche, essoufflée. Erin ne sait pas pourquoi, mais elle est ravie de voir cette femme ici, ravie de partager la vue, de discuter un moment.

– Enchantée. Catherine. Tu campes dans le coin ?

Erin frotte sa main pour la sécher et la tend à Catherine.

– Erin. Oui et non, j'ai dormi au refuge en bas hier soir, et je pense dormir à la cabane d'Estaubé ce soir, j'avais peur qu'une tente soit trop lourde !

– Toute seule ? Moi aussi j'aime bien les cabanes mais j'ose jamais y dormir seule… Alors je traîne des fois mon mari pour qu'il m'accompagne ou bien je m'inscris aux sorties en groupe. Je suis moins courageuse que toi !

Erin sourit en silence. Ça lui fait bizarre d'entendre cet adjectif, de s'y voir associée.

– Mais dis, si tu vas vers Estaubé, tu veux qu'on descende ensemble un peu plus bas vers le lac des Gloriettes ? Ça bouscule peut-être ton programme mais j'y descends pour pique-niquer.

Erin accepte avec enthousiasme. En descendant vers le lac, elles parlent de leur amour commun de la lumière, de la montagne rassurante, de ce début du mois de mai exceptionnellement pauvre en neige mais qui leur permet de randonner plus tôt. Elles rient en parlant des hommes qui leur conseillent toujours plein de choses, même ici, même au sommet. Elles s'arrêtent pour regarder les marmottes qui courent partout, à peine réveillées de l'hiver. Catherine marche lentement et parle beaucoup, tout en s'appuyant sur ses bâtons pour ne pas tomber. Au lac, elles posent leur sac, et sortent leur pique-nique qu'elles partagent sans gêne. Après un long silence, Erin lui demande :

– Ça fait combien de temps que tu randonnes par ici, toi ?

– Ça va faire vingt ans je pense, quand je suis arrivée dans la région je me suis tout de suite inscrite au CAF, au club alpin quoi, pour marcher avec des gens et découvrir les environs, ça me rassurait.

– Et tu trouves ça encore beau, même après tout ce temps ? T'es pas blasée ?

Catherine fait une pause.

– Je crois que c'est l'inverse en fait. Je crois que je me trouve chanceuse à chaque lever et coucher de soleil que je peux apercevoir. À chaque col franchi. Même en voiture, je m'arrête souvent, comme une touriste, juste pour regarder ce qui m'entoure. Je ne suis pas sûre que tu puisses te lasser d'endroits pareils. Le problème, c'est plutôt que c'est dur d'en partir.

Erin ne répond pas et le rire léger de Catherine reste suspendu. Ça confirme ce qu'elle pense. Elle ne voit pas comment elle pourrait quitter cet endroit. Elle pense que Janine a tort, qu'il n'y a rien qui en vaille la peine qui l'attendrait à Paris. Elle pense que ça n'est pas un drame. Qu'elle va reconstruire quelque chose de solide ici, qu'elle trouvera un moyen de gagner un peu d'argent, et surtout qu'elle veut voir les couleurs de l'automne recouvrir la vallée, et encore un autre hiver, et encore un autre printemps. Que ça n'a pas de sens de retourner à Paris au moment où l'été va commencer, pour s'engouffrer dans sa chaleur étouffante à la recherche d'un appartement minuscule et trop cher, et se remettre à travailler sans pouvoir rien faire d'autre. Que l'été est le moment le plus propice à la randonnée, qu'elle va pouvoir enfin monter haut, explorer les endroits jusqu'alors trop enneigés.

– Bon, moi je redescends, t'es sûre que tu veux pas venir ? On n'est pas très loin du parking et je connais un très bon café à Gavarnie.

Erin secoue la tête. Elle sait qu'elle peut retourner cette après-midi à Gavarnie et reprendre la voiture, mais elle a envie de passer une nuit de plus ici, maintenant qu'elle n'a plus rien à prouver elle veut y retourner, faire durer le tête-à-tête avec la montagne plus longtemps.

– Si tu remontes, alors va voir la cascade du Pla d'Ailhet. C'est à une heure de la cabane en suivant le ruisseau, tu devrais pouvoir y accéder avec ce temps, il me semble que le névé a fondu, c'est assez exceptionnel à cette époque.

Erin hoche la tête. Ça n'est pas prévu, et il lui faudrait avoir plus de détails pour se décider. Ça lui paraît impossible de se lancer sans avoir une idée de la distance, si ça monte ou pas, l'itinéraire précis, prendre le temps de regarder la trace GPS pour la connaître sur le bout des doigts, pour n'avoir aucune surprise, mais elle n'ose rien dire, elle ne veut pas passer pour une folle. Elles se disent au revoir, sans effusion, et Catherine se retient de lui demander son téléphone, sentant comme un mur invisible encore présent. Erin reprend son sac et repart. Elle remonte tranquillement vers la cabane de berger et, malgré le fait d'avoir déjà fait le trajet en sens inverse, elle a l'impression de découvrir le paysage autour d'elle. Il n'y a pas encore vraiment de fleurs, c'est trop tôt mais dans quelques jours les gentianes seront partout, elle les voit pointer leur nez. Sans personne avec qui discuter, elle se concentre sur ses pas, sur les pins noirs et les mélèzes, et atteint la cabane en une heure. Elle en fait le tour et constate avec soulagement qu'il n'y a personne. Elle pose son sac à dos et regarde autour d'elle. Elle entend le chant des oiseaux, le gave qui coule pas très loin et qu'elle a dû enjamber pour venir. Elle hésite, elle pourrait profiter de l'après-midi pour aller jusqu'au fond du cirque, voir la cascade. Catherine lui a dit une heure, elle peut essayer et au pire rebrousser chemin. Sans se laisser le temps de changer d'avis, elle se lance, le pas plus rapide sans le poids sur ses épaules. Elle prend juste avec elle de l'eau et son téléphone, suit le ruisseau qui serpente et s'enfonce dans le cirque. Elle saute sur les pierres à côté du sentier, ferme les yeux pour mieux sentir la lumière du soleil sur son visage, s'arrête pour observer quelques fleurs à peine sorties de terre. Le pic Blanc s'élève au-dessus d'elle, enneigé par endroits. Elle entend un craquement de branche, se retourne mais ne voit rien, elle a dû faire fuir un animal. Son cœur est léger, plus qu'il ne l'a jamais été. Un peu moins d'une heure après son départ de la cabane, au détour d'un virage, elle tombe sur la cascade, dissimulée dans un renfoncement. Il y a des restes de neige, mais le chemin est accessible, un peu glissant. Elle plonge ses mains dans l'eau gelée pour se rafraîchir et regarde autour d'elle. L'endroit ressemble à une plage de galets cachée, à l'ombre de petites falaises qui donnent envie de les escalader. Elle entend les sifflements des marmottes qui l'entourent sans les voir et frissonne. La température à l'ombre chute vite. Elle a repéré que le gave formait une piscine naturelle un peu plus bas, au soleil, elle aimerait y plonger au moins les pieds avant que le soleil disparaisse totalement. Sur le chemin du retour, Erin prend son temps, observe de loin des marmottes peu craintives et se retourne souvent pour contempler les pics qui s'élèvent au fond du cirque. Elle reviendra, elle en est sûre. Elle s'arrête pour se tremper les pieds dans l'eau transparente qui descend tout droit des sommets, sent avec ravissement son sang se retirer complètement et revenir avec vigueur lorsqu'elle secoue ses jambes pour les sécher. Tout circule en elle.

Elle arrive à la cabane vers seize heures, et elle calcule qu'il lui reste une petite heure de soleil. Elle va chercher dans son sac *Les Huit Montagnes*, le livre qu'elle a reçu par erreur, et s'allonge dehors, pour profiter jusqu'au dernier moment de la lumière qui la réchauffe. En ouvrant le livre, elle remarque que quelqu'un a écrit sur la première page. Elle n'y a pas fait attention avant, l'écriture est brouillonne et le mot n'est pas signé mais il s'adresse à elle, c'est sûr : *j'ai cru comprendre que c'était l'ambiance du moment, j'espère que ça te plaira*. Elle se demande qui ça peut être, elle sait que ça n'est pas lui, il n'aime ni lire ni les librairies, ni le quartier dans lequel celle-ci se trouve. Elle hausse les épaules et commence à lire, emmitouflée dans sa doudoune et réchauffée par les derniers rayons de soleil. Elle plonge dans l'amitié entre Pietro et Bruno, dans les descriptions du mont Rose, dans ses Alpes natales. Dans ce personnage qui hésite à fuir la ville, qui se demande ce qu'il cherche dans les sommets. Elle ne lève les yeux que lorsque l'ombre vespérale commence à recouvrir le cirque, et que le froid lui rappelle qu'elle n'est pas chez elle. Elle se replie à l'intérieur de la cabane.

C'est comme si elle redécouvrait son environnement avec un œil nouveau, moins stressé. Quatre couchages sont disposés en deux lits superposés, chacun avec un petit matelas. C'est sommaire mais propre, c'est même encore plus confortable qu'hier. En attendant que son eau chauffe, elle parcourt l'étagère de l'entrée. Elle regarde avec tendresse tous les objets que d'autres ont laissés avant elle. Un vieux polar corné côtoie trois boîtes de conserve plus récentes, une bougie presque entièrement fondue, une couverture de survie non utilisée, autant de signes que les montagnards se laissent entre eux, autant de petits gestes d'entraide qui semblent immenses quand on a froid ou faim en arrivant ici, quand la cabane fait réellement office de refuge. Dans un coin de l'étagère au-dessus d'elle, elle voit deux stylos et un carnet. Elle les prend et va s'asseoir à la petite table en bois sur laquelle elle a étalé ses affaires. En l'ouvrant, elle découvre ce qu'ont écrit tous ceux et celles qui sont passés ici. Les simples promeneurs qui y pique-niquent, ceux qui y dorment pour un anniversaire, les réguliers qui commentent l'état du sentier, celle qui parle des marmottes qui passent devant la cabane. Le premier stylo n'a plus d'encre mais le deuxième fonctionne. Erin ne sait pas trop quoi écrire alors elle note son parcours, sa rencontre avec Catherine, les empreintes mystérieuses d'un animal qu'elle a aperçues devant la cabane en arrivant. Elle sent qu'elle a sa place parmi toutes ces écritures, toutes ces mains qui ont marqué leur passage. Elle va reposer le carnet avant de manger, pour ne pas le tacher, et contemple son repas qui fume, le ventre gargouillant. La descente pour rejoindre sa voiture demain sera rapide, elle peut donc manger tout ce qui lui reste. L'effort et la faim rendent tout meilleur que chez elle, sa soupe industrielle réchauffée, ses noix, son carré de chocolat dur comme de la roche. Au moment où elle se glisse dans son sac de couchage, bonnet sur la tête et chaussettes en laine enfilées, elle regarde la boîte blanche qu'elle a mise exprès à côté d'elle. Elle pense à toutes les personnes du carnet, toutes celles qui ont passé une nuit sans encombre ici et attrape à la place son livre, qu'elle lit à la lueur de sa frontale jusqu'aux dernières pages, happée par l'histoire.

Quand elle se réveille le matin, il est plus tard qu'elle pensait. Le soleil est déjà levé, elle se sent reposée. Le sourire aux lèvres, elle étire ses bras et ses jambes dans son sac de couchage, Elle voudrait faire durer ce moment indéfiniment, rester à l'abri dans ce lit chauffé par son corps, mais elle se lève, prépare en silence son thé, verse l'eau fumante dans son thermos et sort le boire sur la grosse pierre qui trône devant la cabane. Le ciel est dégagé, la montagne est presque silencieuse mis à part le vent et quelques oiseaux matinaux. Les sens d'Erin sont décuplés, elle veut tout entendre, tout sentir, les moindres détails. Elle scrute autour d'elle pour tout mémoriser quand elle aperçoit une ombre bouger à sa gauche. Le plus doucement possible, elle se tourne. Un peu plus loin, celui qui a laissé ses traces sur le chemin hier est là, immobile. Il l'a sentie et la jauge, sans prendre la fuite. Il n'est pas très grand, a encore son poil d'hiver et sa queue est énorme. Erin lui rend son regard, retient son souffle, son cœur tambourine jusque dans ses tempes. Le renard s'approche, hume l'air et décide de repartir en trottinant.

Avant de partir, après avoir tout rangé, Erin reprend le carnet et rajoute la rencontre avec le renard. À titre de contribution, pour les prochains, elle dépose à côté le livre de Paolo Cognetti. En refermant la porte de la cabane, Erin remercie silencieusement ses murs.

21

Erin a la tête plongée dans le potager à essayer de retourner la terre avec l'outil que lui a prêté Janine, Tonnerre court après une sauterelle et fait des bonds réguliers à la verticale, le chaton tricolore fait sa sieste à côté du potager, tandis qu'Erin entend les deux autres jouer avec un pissenlit plus loin derrière elle. Elle en profite tant qu'elle les a encore, d'ici quelques semaines deux d'entre eux courseront des papillons dans un autre jardin que le sien. Après de courtes négociations, Janine a accepté de prendre les deux noir et blanc et Erin sourit en pensant qu'elle a choisi les plus intrépides. La tricolore dort tous les soirs dans le panier de Tonnerre, elle n'a pas eu le cœur de lui trouver une autre famille, elle va la garder, la maison est bien assez grande, et elle n'a pas envie d'une énième séparation. Le soleil du début de l'été commence déjà à chauffer fort, et elle transpire à grosses gouttes. En essuyant la sueur qui s'accumule sur son front, elle entend une voiture s'approcher et sans s'interrompre elle se dit qu'à cette heure, ça doit être la Poste. La portière d'une voiture claque, elle ne se rappelle pas avoir commandé quoi que ce soit, elle est intriguée mais elle continue à planter les cinq griffes dans la terre dure de ses futures platebandes devant la maison.

– Dis donc, Ella Maillard, t'es pas facile à trouver !

Erin relève la tête, le visage lui est familier, elle met quelques secondes à se rappeler d'où elle la connaît, tellement l'apparition lui paraît improbable. C'est Aria, ses cheveux courts et ses gestes brusques, ses mains noueuses et sa voix rauque. Celle qu'elle observait en fumant du haut de son balcon. Celle qui appartenait à la meute de filles de l'impasse. Celle à qui elle manquait. Celle qui est venue la retrouver.

– Tu veux de l'aide ?

Erin voudrait savoir comment elle l'a retrouvée et pourquoi, mais pas tout de suite, pas trop vite, il y a trop de choses qui se passent dans sa tête. Alors, quand Aria s'approche, qu'elle se penche au-dessus du potager, Erin lui tend la griffe en souriant.

– Pourquoi pas.

REMERCIEMENTS

Un énorme merci à Claire pour ses relectures attentives et toujours justes, son temps passé à discuter des mots choisis et ses encouragements, à l'Ariège, à Alice, Lena et Sol, constamment bienveillantes dans leurs retours, et au travail minutieux d'Isabelle et Oliv.

Merci aussi aux participant·e·s du Schreibraum de Pro Helvetia pour leurs commentaires éclairants. Ce texte n'aurait pas pu voir le jour sans Begat Association, qui m'a accueillie en résidence à La Colle, et à ses habitant·e·s, ainsi que sans Art Omi: Writers, qui a su m'offrir du temps et un cadre de travail préservé.

Je tiens également à remercier le Centre national du livre et Pro Helvetia pour leur précieux soutien.

Enfin, un merci rempli d'amour à Woki, Toumaï et Gaby, fidèles partenaires de balades.

HORS D'ATTEINTE
de Marcia Burnier
a été achevé d'imprimer en juin 2023
sur les presses de l'imprimerie Jelgavas Tipogrāfija.

Éditions Cambourakis
62, rue du Faubourg-Saint-Antoine
75012 Paris
www.cambourakis.com

Dépôt légal : septembre 2023.
ISBN : 978-2-36624-798-5
Imprimé en Lettonie.